Alfred Hitchcock

Les Trois jeunes détectives

L'aveugle qui en mettait plein la vue

Traduit de l'américain par Claude Voilier

HACHETTE
Jeunesse

SÉRIE *LES TROIS JEUNES DÉTECTIVES* DANS LA BIBLIOTHÈQUE VERTE

L'ombre qui éclairait tout
Le démon qui dansait la gigue
Une araignée appelée à régner
Le Drakkar hagard
L'épouvantable épouvantail
La saisie des sosies
Les douze pendules de Théodule
Le tableau se met à table
La baleine emballée
L'aveugle qui en mettait plein la vue
Les caisses à la casse
Le testament énigmatique
Le flibustier piraté
Le lion qui claquait des dents
L'aigle qui n'avait plus qu'une tête
Silence, on tut !
Le dragon qui éternuait
L'insaisissable homme des neiges
L'ânesse qui se pavanait
Le serpent qui fredonnait
L'arc-en-ciel a pris la fuite
Le spectre des chevaux de bois
Le perroquet qui bégayait

L'EDITION ORIGINALE DE CE ROMAN,
REDIGE AVEC LA COLLABORATION DE ROBERT ARTHUR,
A PARU EN LANGUE ANGLAISE, CHEZ RANDOM HOUSE, INC.,
SOUS LE TITRE :
THE MYSTERY OF THE SCAR-FACED BEGGAR.

Hachette, 79, boulevard Saint-Germain, 75006 Paris

UN MOT D'ALFRED HITCHCOCK

Salut à vous tous, amateurs de mystère!

Je suis heureux et fier que les Trois jeunes détectives m'aient prié d'écrire l'avant-propos de leur toute dernière aventure. Il s'agit d'un cas peu banal, avec perte d'un portefeuille, hold-up dans une banque, bande de terroristes et complications internationales, dont le pivot central semble être un homme aveugle et balafré.

Je n'en dirai pas plus, de crainte de déflorer l'histoire. Si votre curiosité est éveillée, précipitez-vous sur le chapitre premier et commencez à lire. Mais si, par hasard, vous ne connaissez pas encore les Trois jeunes détectives, apprenez que ce trio de fins limiers habite Rocky, petite ville californienne au bord du Pacifique, à quelques kilomètres de Hollywood. Hannibal Jones est le chef incontesté du petit groupe. Sa mémoire phénoménale est à la hauteur de son cerveau, particulièrement brillant. Et sa confiance en soi, son aplomb étonnent chez un être aussi jeune.

Peter Crentch, son bras droit, est un grand gaillard musclé, solide, mais beaucoup moins risque-tout qu'Hannibal.

Bob Andy, le troisième détective, spécialiste des enquêtes — et surnommé « Archives et Recherches » — a, comme son chef, des goûts aventureux qui le mettent parfois dans des situations difficiles.

Et maintenant, voyons un peu cet aveugle.

ALFRED HITCHCOCK

Chapitre 1

L'aveugle à la balafre

« Si ce temps de chien ne cesse pas bientôt, je crois que je vais me mettre à crier ! » déclara la femme à l'imperméable bleu.

Une bourrasque s'engouffra dans le boulevard Wilshire et le remonta à toute vitesse. En un clin d'œil, le vent retourna le parapluie de la femme et, content de sa plaisanterie, se mit à cribler d'énormes gouttes de pluie les vitrines des magasins alentour.

Sur le moment, Bob Andy, qui patientait à l'arrêt du bus, crut pour de bon que la femme allait se mettre à crier. Elle foudroya du regard son parapluie hors d'usage. Puis ses yeux se posèrent, accusateurs, sur le jeune garçon qui n'en pouvait mais. Soudain, d'une manière imprévisible, elle éclata de rire.

« Bien fait pour moi ! s'exclama-t-elle en jetant le parapluie dans une poubelle au bord du trottoir. Ça m'apprendra à sortir sous un déluge californien ! »

Après quoi elle alla s'asseoir sur le banc proche de l'arrêt du bus.

Bob frissonna et rentra la tête dans les épaules pour mieux résister au froid et à l'humidité. Jamais il n'avait connu d'avril aussi pluvieux. C'était incroyable! A presque six heures du soir, un lundi de Pâques, on se serait cru encore en hiver. Avec ça il faisait sombre, à cause de cette maudite tempête. Bob était venu à Santa Monica dès le début de l'après-midi, afin d'y faire des courses pour sa mère. C'était bien volontiers qu'il avait sacrifié quelques heures de vacances pour lui rendre service. Mais à présent, dans l'attente du bus qui devait le ramener à Rocky, il commençait à trouver le temps long. Pour la vingtième fois peut-être, il essuya ses lunettes d'un geste impatient.

« Ah! Voici venir l'aveugle! » annonça la femme sur le banc.

Bob leva les yeux. Sur le fond sonore de la pluie, il entendit le tap-tap d'une canne et le bruit des pièces de monnaie qui s'entrechoquaient dans la sébile du mendiant.

« Pauvre homme! continua la femme. On l'a beaucoup vu dans le voisinage, ces temps derniers. Je lui donne toujours quelque chose quand je le rencontre. »

Elle fouilla dans son porte-monnaie pendant que l'aveugle se rapprochait. Bob constata qu'il était très mince et marchait voûté. Son col était relevé jusqu'aux oreilles et une casquette de drap lui descendait jusqu'aux yeux. Ceux-ci demeuraient invisibles derrière des lunettes noires. L'homme portait sur la poitrine un petit écriteau protégé par du plastique et sur lequel on pouvait lire, en caractères nettement tracés : « *Je suis aveugle. A votre bon cœur.* »

« Quelle détestable journée ! » dit la femme en se levant et en déposant une pièce de monnaie dans la sébile.

L'aveugle murmura quelque chose qui ressemblait à un merci. Sa canne blanche suivit le rebord du trottoir, puis vint heurter le banc. Le mendiant se repéra encore en tâtonnant, puis s'assit.

Bob et la femme à l'imperméable bleu le regardèrent un instant, puis tournèrent la tête pour s'intéresser aux vitrines éclairées d'une banque, de l'autre côté du boulevard.

L'équipe de nettoiement de la banque venait juste de terminer son travail. Le dessus des comptoirs étincelait et les sièges s'alignaient en un ordre remarquable. L'équipe se composait d'un homme en salopette, dont les longs cheveux gris pendaient en désordre sur les épaules, et d'une femme petite et corpulente. Tous deux attendaient à la porte de la banque. Elle ouvrait sur le hall d'entrée d'un grand immeuble dont la banque, apparemment, n'était pas seule locataire.

Un gardien en uniforme, brandissant un trousseau de clés, surgit du fond de la banque. On le vit échanger quelques mots avec l'homme et la femme, puis leur ouvrir la porte pour les laisser sortir. Ils traversèrent le hall d'entrée et disparurent dans un ascenseur.

Bob reporta son attention sur l'aveugle. Quelques cheveux gris dépassaient de la casquette de drap. Les joues mal rasées du mendiant se hérissaient de poils raides. Mais ce qui frappa le plus Bob fut l'horrible cicatrice qui zébrait l'une de ses joues.

« L'accident qui a causé cette balafre a dû être terrible, se dit-il. Peut-être est-ce lui qui est aussi la cause de la cécité de ce malheureux. »

Le mendiant se pencha en avant, comme s'il voulait se lever, mais il se prit le pied dans sa canne et il vacilla. Le voyant prêt à perdre l'équilibre, la femme en bleu poussa une exclamation et le retint par le bras.

La sébile de métal tomba sur le sol, rebondit. Les pièces de monnaie roulèrent dans toutes les directions.

« Mon argent ! s'écria l'aveugle.

— Nous allons le ramasser. Ne bougez pas ! » dit la femme.

Elle se baissa pour ramasser les pièces tombées sur le trottoir mouillé. Bob repêcha celles qui avaient roulé dans le caniveau. Enfin, la femme retrouva la sébile derrière la poubelle publique et la tendit, de nouveau pleine, au mendiant.

« Est-ce que tout y est ? s'inquiéta celui-ci. Il m'a fallu toute la journée pour réunir cet argent. »

Bob glissa dans la sébile trois ultimes petites pièces.

« Là, déclara-t-il. Je crois que nous avons tout ramassé ! »

Sans doute l'aveugle avait-il compté son trésor avant de le perdre car, après avoir palpé les pièces du bout des doigts, il finit par murmurer :

« Oui. Il ne manque rien. Merci.

— Attendez-vous le bus ? demanda la dame. Le voilà qui arrive.

— Non, merci, madame. J'habite tout près d'ici. »

Le bus était encore fort loin, à l'autre extrémité du boulevard. Bob regarda machinalement de l'autre côté de la rue. Il vit réapparaître, dans le hall du grand immeuble, l'homme aux cheveux longs de l'équipe de nettoiement. Il le vit ensuite frapper à la porte de la banque. Comme précédemment, le gardien surgit du fond de l'établissement, son trousseau à la main. Il ouvrit la porte et, après un bref entretien sur le seuil, s'effaça pour laisser entrer l'homme en salopette.

Au même instant, l'aveugle quitta son banc et s'éloigna, frappant de sa canne le rebord du trottoir.

« Le malheureux ! soupira la femme en bleu. J'espère qu'il n'a pas loin à aller. »

Bob suivit des yeux le mendiant qui descendait lentement le boulevard.

« Oh ! s'exclama tout à coup la femme. Il vient de perdre quelque chose.

— Hep, monsieur! cria Bob. Attendez!»

L'aveugle ne l'entendit pas et continua de s'éloigner.

«Attendez!» répéta Bob en se précipitant.

Il ramassa l'objet qu'avait perdu le mendiant : c'était un portefeuille.

Quand il se redressa, ce fut pour apercevoir l'aveugle, arrêté au bord du trottoir et s'apprêtant à traverser une rue qui coupait le boulevard. Sa canne devant lui, il descendit sur la chaussée.

Tout, alors, se passa très vite. La mince silhouette de l'aveugle se trouva soudain prise dans la double lueur des phares d'une auto arrivant à vive allure. Le conducteur freina au feu rouge pour s'arrêter, mais son véhicule dérapa sur l'asphalte mouillé et continua sur sa lancée. La femme en bleu cria. Bob hurla. Les freins de la voiture grincèrent. L'aveugle se retourna et essaya d'éviter le véhicule qui venait droit sur lui. En vain : bousculé au passage, il roula sur la chaussée.

L'auto s'arrêta enfin. Le conducteur bondit de son siège. Bob courut, imité par la femme en bleu. Tous trois rejoignirent le mendiant allongé à terre.

Le conducteur fautif s'agenouilla auprès de lui et tendit la main pour lui prendre le bras.

«Non!» glapit l'aveugle. Il donna un coup de poing au conducteur surpris : «Mes lunettes!» cria-t-il encore.

La femme en bleu s'empressa de ramasser les verres noirs. Par chance, ils n'étaient pas cassés. L'aveugle se saisit des lunettes avec une rapidité étonnante, les mit sur son nez, puis, de la main, chercha sa canne.

L'automobiliste était un jeune homme. A la lumière des phares. Bob s'aperçut qu'il était blême d'émotion. Ce fut lui qui récupéra la canne de sa victime et la lui glissa dans la main.

Lentement, l'aveugle se mit debout. Puis il tourna la tête à droite et à gauche. On eût dit qu'il cherchait son chemin, comme s'il avait pu voir en s'appliquant beaucoup. Et soudain, sans un mot, il s'engagea dans la rue transversale. Il boitait et semblait souffrir.

« Monsieur! appela le conducteur de la voiture. Attendez donc!

— On devrait faire un constat, suggéra la femme. Cet homme est certainement blessé. »

L'aveugle, cependant, continuait à s'éloigner, frappant le sol de sa canne, boitant, haletant, mais néanmoins progressant à une allure étonnante; il courait presque.

Bob s'élança à sa poursuite, en l'appelant et en le priant d'attendre.

Le mendiant s'engouffra dans un passage, entre deux magasins. Bob en fit autant. Hélas! Le passage était tellement sombre que le garçon trébucha. Il ralentit l'allure, étendant les mains devant lui pour se garder d'éventuels obstacles. Au bout du passage, il déboucha dans une petite cour. Une ampoule électrique brûlait au-dessus de l'entrée de service d'un immeuble.

Elle n'éclairait guère qu'une énorme poubelle et un gros carton que la pluie désagrégeait peu à peu.

Bob aperçut alors un second passage qui ramenait au boulevard Wilshire. Mais il n'y avait plus trace de mendiant.

L'homme avait disparu !

Chapitre 2

Le portefeuille perdu

« Ce n'est pas possible ! Il n'était pas vraiment aveugle ! décréta Bob. Comment un homme privé de la vue pourrait-il se déplacer aussi vite ?

— Un aveugle peut se mouvoir rapidement si les lieux lui sont familiers, remarqua Hannibal Jones. Et puis, ceux qui n'ont pas l'usage de leurs yeux ont, plus que les autres, l'habitude de naviguer dans l'obscurité. »

Hannibal parlait en choisissant ses mots, de la manière un peu emphatique qui le caractérisait.

C'était au lendemain de l'aventure de Bob. Celui-ci, Hannibal et Peter Crentch se trouvaient réunis dans l'atelier personnel du chef des Détectives, au *Paradis de la Brocante*, l'entrepôt de bric-à-brac des Jones. La pluie avait cessé. Il faisait beau et frais. Les trois garçons examinaient en détail les événements de la veille. Le portefeuille perdu par le mendiant reposait sur l'établi d'Hannibal.

« Même s'il s'agit d'un faux aveugle, pourquoi être ainsi parti à fond de train ? insista Bob. On aurait juré qu'il avait peur de nous ! »

Le jeune garçon médita un instant avant d'ajouter :

« Je crois bien que nous avons tous agi de façon déraisonnable. La dame qui attendait avec moi à l'arrêt s'est éclipsée pendant que j'étais dans le passage. Je suppose qu'elle a pris le bus. Quant au jeune homme qui conduisait la voiture, il est parti dès que je lui ai fait part de la disparition de sa victime. Finalement, je me suis retrouvé seul, comme un imbécile, avec ce portefeuille à la main. J'aurais dû donner au conducteur le nom du mendiant, et le mien également.

— Tu étais en état de choc, expliqua Hannibal. Dans ces cas-là, les gens agissent souvent de façon bizarre. »

Tout en écoutant Bob, Hannibal n'avait cessé de tripoter un vieux téléviseur que son oncle Titus avait rapporté, parmi d'autres objets plus ou moins hors d'usage. Hannibal avait remplacé le tube usé par un tube neuf et réparé de son mieux d'autres pièces défaillantes. A présent, après avoir calé l'appareil sur l'établi, il en tournait les boutons. Un ronflement prometteur en sortit.

« Haha ! fit Hannibal.

— Tu l'as déjà dit ! fit remarquer Peter, moqueur.

— C'est bien possible», admit sereinement Hannibal tout en continuant de manipuler les boutons.

Ses amis sourirent.

Hannibal Jones était un vrai génie quand il s'agissait de réparer un objet quelconque ou d'en fabriquer un neuf à partir de pièces détachées puisées dans le bric-à-brac de son oncle. Il avait ainsi remis en état trois walkies-talkies dont ses camarades et lui se servaient fréquemment. Il avait aussi réparé une presse à imprimer qui leur était fort utile. C'est également grâce à son ingéniosité que le Q. G. des Trois détectives était doté d'un périscope permettant de voir venir les gens de loin. Ce quartier général n'était autre qu'une vieille caravane, cachée, à proximité de l'atelier d'Hannibal, parmi d'énormes piles d'objets de rebut. Il y avait belle lurette que l'oncle Titus et la tante Mathilda en avaient oublié l'existence.

L'oncle et la tante d'Hannibal, cependant, n'ignoraient pas que leur neveu, ainsi que Bob et Peter, se passionnaient pour les enquêtes policières. Ils savaient que le trio d'amis se faisait appeler *Les Trois jeunes détectives.* Mais ils étaient loin d'imaginer à quel point les jeunes garçons réussissaient dans ce domaine. L'antique caravane avait été dotée de toutes sortes d'appareils destinés à faciliter le travail de détection des trois limiers. Ceux-ci disposaient d'un petit laboratoire, avec tout un outillage pour relever les empreintes digitales, et un puissant microscope. Les garçons développaient eux-mêmes leurs photos dans une petite chambre noire. Un énorme classeur était bourré de fiches et de notes. Cet équipement comprenait enfin un téléphone : les Détectives payaient l'abonnement et les communications avec l'argent qu'ils gagnaient en aidant au bric-à-brac.

Il semblait bien maintenant qu'un appareil de télévision allait venir s'ajouter à toutes les merveilles que recelait déjà la caravane. L'appareil qu'Hannibal achevait de bricoler se mit soudain en marche. Sur l'écran, une image tremblota d'abord, puis s'affirma. La voix d'un speaker s'éleva...

L'informateur commença par souhaiter le bonjour à tous, puis annonça que la dernière tempête venue du Pacifique avait traversé Los Angeles et que le temps s'annonçait beau et clair pour le Sud de la Californie, et ce durant plusieurs jours.

« Des glissements de boue se sont produits sur les hauteurs dominant Malibu, continua-t-il. Les personnes résidant à Big Tujunga Canyon ont fort à faire pour remettre leurs habitations en état...

« Sur le plan criminel, nos reporters sont actuellement à Santa Monica où un vol hardi vient d'avoir pour théâtre, il y a tout juste deux heures, la *Thrift and Savings Company*.

« Les voleurs se sont introduits dans cette banque hier soir, déguisés en employés du service de nettoiement. Après avoir emprisonné le gardien dans un bureau, ils ont attendu l'arrivée du personnel. Dès l'ouverture, à huit heures quarante-cinq ce matin, Samuel Henderson, le vice-président de la banque, a été obligé d'ouvrir la chambre forte. Les bandits ont ainsi pu se retirer avec environ un quart de million de dollars en espèces et le contenu, non encore évalué, des coffres personnels de clients de la banque. Nous vous donnerons de nouveaux détails au cours de notre journal parlé de midi.»

«Eh bien! s'exclama Hannibal en éteignant le téléviseur.

— Nom d'un pétard! s'écria Bob de son côté. La banque de Santa Monica devant laquelle je poireautais hier! Dite que j'étais là-bas, de l'autre côté de la rue, quand l'aveugle à la balafre...»

Bob s'interrompit brusquement. Il avait pâli.

«Je parie que j'ai vu un de ces types qui ont fait le coup!» ajouta-t-il.

Peter et Hannibal le guettaient du coin de l'œil, sans piper.

«Oui, j'en suis sûr, poursuivit Bob. Depuis l'arrêt du bus, je pouvais voir distinctement l'intérieur de la banque. J'ai vu l'équipe de nettoiement composée d'un homme et d'une femme s'en aller et monter dans un ascenseur de l'immeuble. Un peu plus tard, l'homme est revenu et il a frappé à la porte de la banque. Le gardien lui a ouvert.

— Il est revenu? demanda Hannibal. Le même homme?

— Eh bien, je le suppose...» Bob réfléchissait, le front plissé. «Au fond, je ne sais pas. L'aveugle a lâché sa sébile. Nous nous sommes précipités, la femme et moi, pour ramasser les pièces qui roulaient de tous les côtés... C'est après avoir remis son bien à l'aveugle que j'ai aperçu l'employé de l'équipe de nettoiement à la porte de la banque.

— Ainsi, ç'aurait pu être un autre homme? dit Hannibal.

— Oui.

— Quel beau plan! s'exclama Peter. L'équipe de nettoiement finit son boulot et prend l'ascenseur pour monter aux étages. Puis, quelqu'un vêtu de manière à ressembler à l'employé de cette équipe arrive et frappe à la porte. Sans méfiance, le gardien introduit le loup dans la bergerie et, vlan! Le pauvre bougre est réduit à l'impuissance et remisé dans une pièce de derrière. Le bandit fait entrer ses complices et les voilà tous comme chez eux. Le système d'alarme n'a pas fonctionné, et pour cause. Il ne leur restait plus qu'à attendre bien tranquillement que le personnel se pointe.

— Tu as raison, approuva Bob. Les choses ont dû se passer exactement comme cela.

— Bob! demanda Hannibal. As-tu vu d'où venait le faux "nettoyeur"? Je veux dire... Est-il entré dans le hall en venant de l'ascenseur ou par la porte de la rue?»

Bob secoua la tête.

«Je ne peux rien affirmer, malheureusement. Le type se tenait déjà à la porte de la banque quand je l'ai aperçu. Tout naturellement, j'ai pensé qu'il sortait de l'ascenseur.

Mais il pouvait aussi bien venir de la rue, si c'était un faux employé.

— Voilà qui nous permet de faire des suppositions, déclara Hannibal en ramassant le portefeuille déposé par Bob sur l'établi. Admettons que l'homme soit venu de la rue. L'aveugle a fait tomber son argent à l'instant même où le faux "nettoyeur" s'approchait de la porte. Toi et l'autre voyageuse à l'arrêt du bus, vous vous êtes baissés, comme n'importe qui d'autre l'aurait fait, pour ramasser le contenu de la sébile. Cette tâche vous absorbait si bien que vous êtes restés un bon moment le nez baissé, sans voir le voleur pénétrer dans le hall de l'immeuble. Cela te suggère-t-il quelque chose ? »

Bob avala sa salive avant de murmurer :

« L'aveugle était complice ! »

Hannibal regardait le portefeuille.

« Cet objet est très joli, apprécia-t-il. En peau d'autruche et venant tout droit de chez Neiman-Marcus... un des magasins les plus chics de la ville.

— Tiens ! Je ne l'avais pas remarqué, dit Bob. Je l'ai juste ouvert pour voir si l'aveugle n'avait pas un numéro de téléphone où l'appeler. Mais il n'en a pas. »

Hannibal examina le contenu du portefeuille :

« Une carte de crédit, annonça-t-il, vingt dollars en espèces, un permis de conduire. En quoi un permis de conduire peut-il bien être utile à un aveugle ?

— En rien, c'est évident ! répondit Bob.

Quand je te le disais. Cet homme n'est pas plus aveugle que moi!

— Hector Sebastian, lut tout haut Hannibal en se penchant sur le permis de conduire. Domicilié 2287, route du Canyon des Cyprès, à Malibu.

— Malibu est un coin pour rupins, déclara Peter. Après tout, le métier de mendiant est peut-être d'un bon rapport!

— Cette adresse peut fort bien n'être pas celle de l'aveugle, fit remarquer Hannibal. Ton mendiant, Bob, peut être un pickpocket qui aura volé ce portefeuille. A moins qu'il ne l'ait trouvé quelque part. Regarde donc si Hector Sebastian se trouve dans l'annuaire...

— Non, il n'y est pas», annonça Bob après une rapide recherche.

Hannibal se leva.

«Nous avons peut-être là quelque chose susceptible d'intéresser la police. Par ailleurs, le simple fait qu'un aveugle ait perdu ce portefeuille peut ne rien signifier du tout. Mais la route du Canyon des Cyprès n'est pas très loin d'ici. Si nous allions y faire un tour avant de prendre une décision quelconque?

— Riche idée!» s'écria Bob.

Les trois amis coururent enfourcher leurs bicyclettes. Cinq minutes plus tard, ils pédalaient à toute allure sur la grand-route qui longeait le Pacifique, en direction de Malibu, vers le nord. En moins d'une demi-heure, ils avaient traversé le centre commerçant de la fameuse plage d'Hollywood.

La route du Canyon des Cyprès était un

chemin plutôt étroit, plein de virages et de bifurcations, qui grimpait sec avant de courir parallèlement à la côte, mais à une certaine distance à l'intérieur des terres.

Tout en pédalant sur cette voie qu'ils suivaient pour la première fois, les trois amis entendaient la rumeur du trafic de la grand-route s'élever jusqu'à eux. Ils apercevaient aussi, de temps en temps, entre les arbres, sur leur gauche, le miroitement de l'océan. Sur leur droite, le flanc de la colline montait, abrupt, vers le ciel d'un bleu très pur.

«Je n'aurais jamais cru qu'on puisse venir habiter par ici, dit soudain Bob que rebutait le chemin boueux et malaisé. Du reste, je ne vois pas une seule maison. Et si l'adresse marquée sur le permis de conduire était une blague?

— Le mystère s'épaissit, fit remarquer Peter. Pourquoi un aveugle aurait-il un permis de conduire? Et s'il s'agit d'un vrai permis, pourquoi porterait-il une fausse adresse?»

La route plongea dans un repli de terrain au fond duquel coulait un maigre ruisseau. Au-delà, elle recommença à grimper. Arrivés en haut de la côte, les jeunes cyclistes firent halte. Leur chemin était coupé par le lit d'un torrent, peut-être très sec en été mais qui, en cette saison, roulait des eaux furieuses. Presque en bordure de l'eau boueuse se dressait une vieille bâtisse, du genre grange aménagée, en assez piteux état. Des tubes au néon couraient le long de l'avant-toit. Une enseigne proclamait que c'était là *Chez Charlie.*

« Un restaurant ? » suggéra Bob.

Hannibal sortit le portefeuille de sa poche et jeta un coup d'œil au permis de conduire.

« Numéro 2287 ! C'est bien le numéro inscrit sur cette boîte aux lettres toute neuve ! » constata-t-il.

Au même instant, les trois garçons entendirent une voiture qui venait sur la route derrière eux. Ils s'écartèrent pour lui laisser le passage. C'était une voiture de sport rouge, conduite par un homme mince, aux cheveux gris, au visage bien modelé, mais à l'expression plutôt triste. Le conducteur parut ne pas remarquer le trio. Il tourna dans la cour qui constituait le parking de *Chez Charlie,* arrêta son moteur, mit lentement pied à terre, ramassa une canne sur la banquette arrière et, à pas précautionneux, gagna la vieille bâtisse. La porte à persiennes se rabattit derrière lui. Il disparut.

« Il boite ! s'exclama Peter. Dis donc, Bob, est-ce que ton mendiant ne boitait pas quand il s'est enfui, hier ?

— C'est-à-dire qu'il boitait après avoir été heurté par la voiture. C'est assez normal.

— Mais cet homme ne pourrait-il être ton aveugle ? demanda Hannibal. Est-ce qu'il ne lui ressemble pas ? »

Bob haussa les épaules.

« Il est à peu près de la même taille et du

même âge. C'est tout ce que je peux dire. Et ça signifie pas grand-chose; il y en a des millions comme lui.

— C'est bon», murmura Hannibal. Brusquement, il s'anima et annonça, d'un ton décidé : «Je vais entrer là-dedans.

— Pour quoi faire? demanda Peter. Tu veux acheter un sandwich?

— Possible. Ou bien faire semblant de demander mon chemin. Mais, d'une manière ou d'une autre, je me renseignerai sur cet individu. Bob, je te conseille de te tenir à l'écart. Si cet homme est celui qui se trouvait à proximité de la banque, hier soir, à Santa Monica, il est capable de te reconnaître... et de devenir méchant.

— J'attendrai avec Bob, décida Peter. Je suis allergique aux gens qui risquent de devenir méchants.

— Poule mouillée! fit Bob, en riant.

— Je suis seulement un gars qui a de l'ambition, corrigea Peter. Et mon ambition est de vivre très, très vieux.»

Hannibal sourit. Puis, laissant ses amis en bordure de la route, il roula sa bicyclette jusqu'au parking de *Chez Charlie*. Posément, il cala le vélo contre le mur du bâtiment et monta les marches du porche. D'une main ferme, il poussa la porte et entra.

Sans transition, Hannibal passait ainsi du plein soleil à la pénombre. Il distingua le sol carrelé d'une antichambre et ses lambris de bois sombre. Au-delà d'une seconde porte, plus massive, il découvrit une grande pièce déserte. L'un des murs, entièrement fait de baies vitrées, permettait d'apercevoir, à travers un écran d'arbres, l'océan étincelant. Cette pièce avait été autrefois la salle à manger du restaurant. Quant au restaurant lui-même, c'était évident, il n'existait plus depuis longtemps.

Un petit salon faisait suite à la salle à manger. Au-delà, on débouchait dans une zone poussiéreuse où s'entassaient meubles bancals et vaisselle ébréchée. L'endroit avait dû servir de bar.

Dans un coin, Hannibal aperçut des caisses et des cartons, ceux-ci sans poussière. L'une des caisses était ouverte, laissant échapper les copeaux qui avaient servi à emballer l'objet qu'on en avait retiré.

Le chef des Détectives remarqua trois portes qui s'ouvraient dans le mur, à sa droite. Il avança de quelques pas, avec précaution, impressionné malgré lui par le silence ambiant. Déjà il s'apprêtait à appeler à la cantonade quand il perçut le bruit d'un téléphone qu'on décrochait. Il se figea sur place et tendit l'oreille. Quelqu'un qu'il ne voyait pas se mit à composer un numéro.

Un bref silence suivit, puis une voix d'homme s'éleva : « Ici Sebastian ! »

Après une autre courte pause, la voix dit :

« Oui. Je sais que ce sera cher, mais toute chose a son prix. Je paierai ce qu'il faudra. »

Au même instant, quelque chose de petit et

de dur vint s'appuyer contre le dos d'Hannibal, juste au-dessus de sa ceinture.

« Haut les mains... jusqu'au plafond! ordonna une voix douce. Et pas un geste ou je vous transforme en écumoire! »

Chapitre 3

Nouveau mystère

Hannibal leva les mains, ainsi qu'on le lui ordonnait. Un frisson courut le long de son échine.

« Je voulais seulement... commença-t-il.

— Chut ! Pas bouger ! » coupa la voix derrière lui.

Un bruit de pas se fit entendre. L'homme aux cheveux gris, que les Trois détectives avaient vu arriver en voiture un instant plus tôt, franchit le seuil de la grande pièce. Il s'arrêta, appuyé sur sa canne, pour dévisager Hannibal d'un air surpris.

« Que se passe-t-il, Don ? demanda-t-il. Qui est ce garçon ? »

Hannibal plissa le front. Le visage de l'homme lui semblait vaguement familier... à moins que ce ne fût sa voix... ou sa manière de tenir la tête un peu penchée de côté. S'étaient-ils déjà rencontrés ? Et dans ce cas, où et quand ?

« Ce gamin s'est introduit ici, expliqua l'individu qui tenait Hannibal au bout de son pistolet. Je l'ai surpris alors qu'il vous écoutait parler au téléphone.

— Je voulais seulement demander mon chemin, se hâta de déclarer le chef des Détectives. L'enseigne, dehors, indique *Chez Charlie.* N'est-ce pas un restaurant ? Je suis entré sans penser à mal. La porte était ouverte.

— Mais bien sûr ! » dit l'homme aux cheveux gris. Il s'approcha du jeune garçon en boitillant. « C'était en effet autrefois un restaurant, et la porte est toujours ouverte. »

Hannibal constata que les joues et le nez de l'homme étaient d'un magnifique vermillon, dû apparemment à un coup de soleil. La peau commençait même à peler par endroits. Sous les sourcils épais, les yeux étaient très bleus.

« Baissez les bras, jeune homme. Don ne pourrait pas vous fusiller, même s'il le souhaitait ! »

Hannibal obéit avec lenteur, puis, un peu inquiet tout de même, se retourna pour regarder celui qu'on appelait Don.

« Vous étiez persuadé que je tenais un pistolet, pas vrai » ? dit celui-ci en souriant. C'était un Asiatique, pas beaucoup plus grand qu'Hannibal, très mince, avec une bonne tête. Il tenait à la main une cuiller en bois dont il pointait le manche en direction du garçon. « Je plaisantais, bien sûr. C'est un truc que j'ai vu à la télévision.

— Nguyen Hun Don est arrivé tout récemment du Viêt-nam, expliqua l'homme aux cheveux gris. Il s'imagine perfectionner son anglais en passant ses soirées devant la télévision. Je vois que les émissions qu'il regarde lui apprennent un tas de choses fort utiles. »

Le Vietnamien s'inclina :

« Si l'on m'emprisonne dans la chambre du haut, je sais que le meilleur moyen de m'évader est de déchirer mes draps en bandes et d'en faire une corde. Si les draps ne sont pas assez résistants, je dois me laisser glisser le long du tuyau de descente. »

Il s'inclina de nouveau et disparut dans la pénombre du bar. Hannibal le suivit d'un regard plein de curiosité.

« Vous étiez entré demander un renseignement ? rappela l'homme aux cheveux gris.

— Oh ! fit Hannibal en sursautant. Oui, en effet. Il y a un cours d'eau qui barre la route, à quelques pas d'ici. Pourriez-vous me dire si la route continue au-delà ? Dans l'affirmative, où pouvons-nous traverser ?

— Malheureusement, la route s'arrête presque aussitôt après le torrent. Quant à traverser celui-ci, je ne vous conseille pas d'essayer. Ses eaux sont très profondes.

— Merci, monsieur ! » répondit Hannibal qui avait écouté d'une oreille distraite. Son attention venait d'être attirée par une pile de livres débordant d'un carton posé à terre. Tous les bouquins portaient le même titre. La jaquette était d'un noir brillant sur lequel les lettres flamboyaient en rouge vif. L'illustration de la jaquette représentait un poignard fiché dans un document. *Sombre héritage,* proclamait le titre.

« Hector Sebastian ! » pensa brusquement le chef des Détectives.

En quelques pas rapides, il s'approcha des livres et en prit un. Le retournant, il découvrit la photo de l'auteur au verso... la photo de l'homme qui se trouvait en ce moment même auprès de lui.

« C'est donc vous ! s'exclama-t-il, perdant pour une fois son flegme légendaire. Vous êtes Hector Sebastian !

— Ma foi, oui.

— J'ai lu *Sombre héritage* », poursuivit Hannibal d'une voix qui trahissait son excitation et résonnait bizarrement à ses propres oreilles. « Quel livre sensationnel ! J'ai bien apprécié aussi *Agents de l'épouvante.* Ah ! monsieur Sebastian, il est évident que vous n'avez jamais songé à dévaliser une banque !

— M'auriez-vous soupçonné d'avoir commis un hold-up ? questionna Hector Sebastian en souriant. Allons, je crois deviner que ce n'est pas pour demander un renseignement que vous êtes venu ici. Dites-moi la vérité. »

Hannibal rougit jusqu'aux oreilles.

« Je... je... commença-t-il en bafouillant. Monsieur Sebastian, n'avez-vous pas perdu votre portefeuille ? »

L'écrivain tressaillit, porta la main à sa poche-revolver et s'exclama :

« Grand Dieu ! Je ne l'ai plus. Vous l'avez retrouvé ?

— Pas moi. Mon ami Bob. »

Il fit alors un résumé des aventures de Bob, la veille. Il décrivit l'aveugle qui avait semé le portefeuille, mentionna le vol de la banque et signala l'accident de la circulation dont le mendiant à la balafre avait été victime.

« D'ailleurs, je vais chercher Bob, conclut Hannibal. Il est dehors, à m'attendre. »

Le jeune garçon sortit en courant.

« Venez ! cria-t-il à ses camarades. M. Sebastian veut faire votre connaissance. Vous savez qui il est ? »

Bob et Peter échangèrent un regard, puis Peter secoua la tête.

« Non, avoua-t-il. Nous devrions le connaître ?

— Et comment ! affirma Hannibal avec un large sourire. Je suis moi-même impardonnable de ne pas l'avoir identifié plus tôt. C'est le célèbre auteur de *Sombre héritage,* de *Guet nocturne* et d'*Agents de l'épouvante.* On a beaucoup parlé de lui ces temps derniers. On va aussi faire un film pour la télévision à partir d'un de ses romans. »

Le visage de Peter s'éclaira.

« Oh ! mais oui ! s'écria-t-il. J'ai entendu mon père parler d'*Agents de l'épouvante,* qui serait porté à l'écran. Ainsi, ce type est Hector Sebastian ?

— Tout juste, mon vieux, assura Hannibal, épanoui. De son premier métier, il était détective privé à New York. Puis, un jour, le petit avion personnel qu'il pilotait s'est écrasé à l'atterrissage. Le malheureux s'en est tiré avec une vilaine fracture de la jambe. Réduit à l'immobilité, il a entrepris d'écrire un roman inspiré par l'une des affaires policières qu'il avait débrouillées. Il l'intitula *Guet nocturne*... et ce fut le succès. Après cela, il écrivit un autre bouquin, *Sombre héritage,* où il était question d'un homme qui se faisait passer pour mort afin que sa femme touche son assurance sur la vie. On en a fait un film. Vous vous rappelez ? C'est alors que M. Sebastian renonça à son activité de détective pour se consacrer uniquement à la littérature policière. Venez vite faire sa connaissance ! Tu as son portefeuille, Bob ?

— Je te l'ai remis ! protesta Bob. L'aurais-tu oublié ? Décidément, cette rencontre avec Sebastian t'a mis la cervelle à l'envers !

— Oh ! » s'exclama Hannibal. Puis, après avoir fouillé ses poches : « Oui, tu as raison. Venez ! »

Peter et Bob le suivirent à l'intérieur du bâtiment où il les présenta à l'écrivain. M. Sebastian les installa dans la grande salle aux baies vitrées, autour d'une de ces tables à dessus de verre comme on en voit près des piscines ou sur les terrasses. La table, quelques chaises pliantes et un appareil téléphonique constituaient tout le mobilier.

« Avant longtemps, expliqua Sebastian, nous aurons ici tout le confort désirable. Mais comme il n'y a guère qu'une semaine que nous sommes arrivés, Don et moi, nous n'avons pu encore tout déballer.

— Vous vous proposez de vivre ici? demanda Peter.

— Dites plutôt que j'y vis déjà!»

Il se leva et boitilla jusqu'au fond de la pièce d'où il appela Don. Peu après, le petit Vietnamien parut, porteur d'un plateau garni d'une cafetière, d'une tasse et d'une soucoupe.

«Et pour ces garçons? demanda Sebastian. Nous avons bien quelques boissons sucrées dans le réfrigérateur?

— De la limonade, récita Don. Pur sucre, pur fruit. Limonade gourmande. Et on en redemande.»

Hannibal sourit, en reconnaissant au passage l'un des slogans publicitaires les plus en vogue. Don avait dû l'assimiler en regardant la télévision.

«De la limonade, ça vous va?» demanda M. Sebastian.

Ses jeunes visiteurs se hâtèrent d'acquiescer. Don replongea dans les profondeurs de la cuisine, située au-delà du bar.

«J'aimerais bien que Don retienne quelques-unes des recettes de cuisine que l'on donne à la télé plutôt que tous ces slogans publicitaires qui ne nous servent à rien. Le pauvre me concocte parfois des repas qui sont à peine mangeables.»

Il enchaîna en parlant de l'ex-restaurant de *Chez Charlie* et des modifications qu'il comptait y apporter pour le transformer en une demeure confortable.

«Je sais bien que le bâtiment a l'air

minable, mais les pièces du haut sont bien distribuées et la construction est saine. J'ai pris les conseils d'un architecte et d'un entrepreneur avant de l'acheter et je suis satisfait de ma décision. Savez-vous ce que cela m'aurait coûté de faire bâtir une maison de cette importance si près de l'océan?

— Une fortune, j'en suis sûr! émit Hannibal.

— Oui. Ici, du moins, j'ai une toiture qui ne fuit pas au-dessus de ma tête, ce qui n'est pas le cas dans l'appartement que j'ai occupé à New York pendant vingt-trois ans.»

Don revint avec la limonade. Pendant qu'il servait les garçons, Sebastian prit l'élégant portefeuille qu'Hannibal avait déposé sur la table.

«Ainsi, c'est un mendiant aveugle qui l'a laissé tomber?» dit-il. Puis, après avoir rapidement fait l'inventaire du contenu : «En tout cas, ce mendiant n'était pas à court d'argent. Il n'a pas dépensé un *cent!*

— Et pourtant, il mendiait! insista Bob. Il tenait une sébile pleine de piécettes qu'il secouait pour les faire tinter.»

Hector Sebastian fronça les sourcils.

«Je me demande où il a trouvé ce portefeuille, murmura-t-il. S'il était vraiment aveugle...

— Précisément, dit Hannibal. Les aveugles ne peuvent pas voir les objets qui traînent sur le sol. Mais peut-être a-t-il buté dessus et s'est-il baissé pour le ramasser. Quand avez-vous eu votre portefeuille en main pour la dernière fois, monsieur Sebastian ?

— Vous posez des questions comme un professionnel, mon garçon, remarqua l'écrivain. Je m'attends presque à vous voir sortir un stylo et un carnet de notes.

— C'est que nous sommes des détectives ! » répliqua Hannibal fièrement.

Tirant de sa poche son propre portefeuille, il y prit une carte de visite qu'il tendit à Hector Sebastian. Celui-ci put lire :

LES TROIS JEUNES DETECTIVES

Enquêtes en tout genre

???

Détective en chef	Hannibal Jones
Détective adjoint	Peter Crentch
Archives et Recherches	Bob Andy

« Je vois ! dit Sebastian. Mais c'est passionnant ! Les détectives privés tombent parfois sur des histoires extraordinaires.

— Exact, approuva Hannibal. Personnellement, nous avons plusieurs fois démêlé des cas très étranges. C'est même notre spécialité. Nous avons souvent réussi là où la police officielle avait échoué.

— Je veux bien vous croire. Les jeunes de votre âge ont l'esprit vif et ne s'encombrent pas de considérations qui, trop souvent, freinent les adultes. »

Bob se pencha en avant.

« En ce moment, expliqua-t-il d'un ton de confidence, nous nous intéressons à ce mendiant aveugle parce que nous le soupçonnons d'avoir partie liée avec les bandits qui ont dévalisé la banque. Vous trouviez-vous à Santa Monica hier, monsieur ? Avez-vous perdu votre portefeuille là-bas ? Ou se peut-il qu'on l'ait pris directement dans votre poche ? »

Hector Sebastian se renversa sur sa chaise.

« Je suis certain que le portefeuille était encore en ma possession hier matin. Je me rappelle l'avoir glissé dans ma poche quand j'ai quitté la maison pour me rendre chez Denicola. Et je n'y ai plus pensé jusqu'à maintenant. Il est évident que j'ai dû le perdre chez Denicola puisque c'est le seul endroit où je me suis rendu hier. Il ne peut pas s'agir d'un vol. Je ne me suis mêlé à aucune foule où un pickpocket aurait pu me dévaliser... et je n'ai remarqué aucun aveugle.

— Est-ce que Denicola n'est pas cet établissement, en bordure de l'océan, où l'on peut louer des bateaux pour la pêche ? demanda Peter.

— C'est cela, jeune homme. C'est là que je gare mon canot à moteur. C'est très commode pour moi. Quand je veux utiliser mon bateau, le garçon qui travaille pour Mme Denicola me prend à bord de son youyou et me conduit jusqu'au corps mort où mon canot est amarré. Je suis allé faire un petit tour en mer hier. Il est possible que mon portefeuille soit tombé sur le quai... à moins que ce ne soit dans le parking.

— L'aveugle l'aura alors ramassé, suggéra Peter.

— Et il se l'est approprié, continua Bob, avant de se rendre à Santa Monica. Là-bas, il s'est posté en face de la banque au moment précis où les auteurs du hold-up, déguisés en équipe de nettoiement, s'apprêtaient à commettre leur vol. Je suppose qu'il a volontairement créé une diversion en lâchant sa sébile et en obligeant ainsi les gens se trouvant à l'arrêt de l'autobus à lui ramasser ses pièces.

— N'accusez pas trop vite cet aveugle, conseilla Hector Sebastian. Il a pu lâcher sa sébile par mégarde. Cet incident n'est pas forcément une preuve de complicité.

— Mais il s'est éloigné à vive allure après avoir semé le portefeuille, souligna Hannibal. Bob a dû lui courir après pour lui restituer l'objet. Et il a continué à marcher très vite même après avoir été heurté par la voiture.

— Cela non plus, ce n'est pas une preuve, dit l'écrivain. Peut-être avait-il mauvaise conscience de détenir un portefeuille qui ne lui appartenait pas. Peut-être redoutait-il l'intervention de la police. La police se montre souvent sévère à l'égard des mendiants. Au bout du compte, rien ne permet d'affirmer qu'il ait été en cheville avec les bandits de la banque. Mais pourquoi ne pas aller trouver les autorités et leur confier ce que vous venez de me raconter? Donnez-leur même mon nom, si vous voulez. Je serais heureux si ma coopération pouvait être de quelque utilité.

— Heu... oui... murmura Hannibal, déçu. C'est, en effet, ce que nous devrions faire. Sans doute avez-vous raison en pensant que cet aveugle n'a rien à voir avec le hold-up. Je finis par croire que notre enquête est terminée avant même d'avoir commencé.

— On le dirait bien, acquiesça Hector Sebastian. N'empêche que je vous suis sincèrement reconnaissant d'être venu me rapporter mon portefeuille.»

Il commença à sortir quelques billets du portefeuille en question.

«C'était tout naturel! se hâta de dire Peter.

— Et nous sommes très heureux de vous avoir rendu service, ajouta Bob en repoussant l'argent tendu.

— Tout de même, j'aimerais bien vous récompenser, insista l'écrivain. Qu'est-ce qui vous ferait plaisir? Une promenade en mer, peut-être? Voulez-vous venir avec moi la prochaine fois que je prendrai mon bateau?

— Et comment! s'écria rondement Peter.

— Si cela ne doit pas vous ennuyer, ajouta Bob.

— Pas le moins du monde. Donnez-moi seulement un numéro de téléphone où vous appeler et je vous ferai signe.

— Nous pourrons être ici en une demi-heure», précisa Peter, enchanté.

Il donna son numéro de téléphone à Hector Sebastian. Hannibal et Bob en firent autant. Quand les Trois détectives prirent congé, l'ancien policier devenu écrivain les raccompagna à la porte et les suivit des yeux tandis qu'ils s'éloignaient sur leurs bicyclettes.

« Un chic type ! commenta Peter dès qu'ils furent hors de portée de voix.

— Oui, admit Hannibal. Il semblait regretter de nous voir partir. Je me demande s'il ne se sent pas un peu esseulé ici, en Californie. N'oublions pas qu'il a passé presque toute sa vie à New York.

— En tout cas, dit Bob, s'il cherche de la compagnie pour ses balades en mer, je suis son homme ! »

Au même instant, une petite voiture jaune surgit sur la route. Elle croisa les garçons à faible allure, ralentit devant le domicile d'Hector Sebastian, puis se rangea dans la cour. Un homme d'un certain âge en descendit. Il gagna le perron et échangea quelques mots avec l'écrivain, toujours debout sur le seuil.

Les garçons, qui s'étaient arrêtés, étaient trop loin pour entendre, mais regardaient de tous leurs yeux. Ils virent Hector Sebastian s'effacer pour laisser entrer son visiteur.

« Vous avez vu ! s'exclama Bob. Après tout, notre enquête n'est peut-être pas close !

— Pourquoi dis-tu ça ? demanda Peter, surpris.

— Le gardien de la banque ! répondit Bob.

Le conducteur de la voiture jaune est le gardien de la banque de Santa Monica... celui qui a permis aux bandits de pénétrer dans les lieux! J'aimerais bien savoir pourquoi il rend visite à M. Sebastian... »

Chapitre 4

Un client pour les Trois détectives

« Absurde ! répliqua Hannibal. Hector Sebastian doit être assez riche pour ne pas avoir à dévaliser des banques ! Ses bouquins sont des best-sellers !

— D'accord, acquiesça Bob. Pourtant, s'il n'a rien à voir avec le hold-up, pour quelle raison le veilleur de nuit lui rend-il visite ?

— Je n'en sais rien. »

La discussion se poursuivit, dès le début de l'après-midi, au quartier général secret des Détectives. Les trois amis avaient attendu sur la route jusqu'à ce que le gardien de la banque soit reparti de *Chez Charlie.* Ils avaient alors hésité à revenir sur leurs pas pour parler à Sebastian et le questionner à propos de son visiteur. En fin de compte, Hannibal avait jugé plus prudent de s'abstenir.

A présent, installés autour du vieux bureau,

dans leur caravane, les jeunes limiers examinaient l'affaire sous tous ses angles. Bob notait sur son calepin tous les détails importants.

« Le mendiant boitait hier soir, après l'accident, fit-il remarquer, et Hector Sebastian boite aussi.

— Hector Sebastian s'est fracturé la jambe en plusieurs endroits et sa claudication est permanente, souligna Hannibal. As-tu remarqué si ton mendiant boitait *avant* d'être accroché par la voiture, Bob ?

— Je n'en suis pas sûr.

— La claudication peut être une simple coïncidence, dit Peter. Mais le portefeuille ? Et cette visite à M. Sebastian de l'homme qui a permis aux bandits de commettre leur hold-up. Trois coïncidences, cela fait beaucoup !

— Pourquoi ne pas aller trouver la police ! suggéra Bob. C'est, du reste, ce que M. Sebastian lui-même nous a conseillé de faire. Et je ne vois pas pourquoi il nous y aurait poussés s'il était impliqué dans le vol de la banque.

— Il était bien obligé de nous donner ce conseil, fit remarquer Peter. S'il ne l'avait pas fait, cela aurait semblé suspect.

— La police ! murmura Hannibal qui réfléchissait. Je crains que nos hypothèses ne lui semblent bien farfelues. Il faut avouer qu'elles sont tirées par les cheveux. Comment imaginer que M. Sebastian puisse être complice des auteurs du hold-up ? Il aurait trop à perdre. N'empêche qu'il peut y avoir un lien entre lui et ce vol. Qui sait si M. Bonell ne nous aidera pas à le découvrir!

— M. Bonell?» répéta Bob.

Hannibal ouvrit un journal local posé sur son bureau. Il l'avait acheté dans un kiosque quand lui et ses amis s'étaient arrêtés pour dévorer une pizza sur le chemin du retour.

«Walter Bonell est le nom du gardien de la banque, expliqua le chef des Détectives. L'histoire figure en première page et l'on cite son nom.»

Il s'empara d'un annuaire et se mit à le feuilleter.

«Voyons... Santa Monica... Un Walter Bonell habite 1129, avenue des Dauphins. C'est tout près de la plage.

— Hannibal! appela une voix au-dehors. Hannibal! Où es-tu? J'ai besoin de toi!»

Hannibal soupira.

«Tante Mathilda paraît ennuyée. Elle ne m'a pas vu depuis ce matin, au petit déjeuner. Depuis, elle a bien dû trouver une liste, longue comme ça, de corvées à me donner.

— Ma mère, elle aussi, doit se demander où je suis passé, dit Peter.

— J'allais proposer de rendre visite à M. Bonell, déclara Hannibal. Partie remise à ce soir, pas trop tard. Vous pourrez vous libérer, j'espère!... Rendez-vous devant le marché de Rocky à dix-neuf heures. Nous descendrons à vélo jusqu'à la côte pour questionner le gardien à son domicile.

— D'accord! acquiesça Peter.

— Entendu, dit Bob à son tour. Pas d'école

demain. Ça simplifie les choses. A ce soir, donc!»

Les trois amis se séparèrent et Hannibal passa son après-midi à travailler à l'entrepôt.

A l'heure dite, après avoir dîné de bonne heure en compagnie de l'oncle Titus et de la tante Mathilda, le chef des Détectives partit à son rendez-vous. Appuyé sur sa bicyclette, il vit arriver Bob et Peter qui n'avaient guère que cinq minutes de retard. Dans la nuit douce, les trois garçons se mirent en route pour Santa Monica.

L'avenue des Dauphins, où habitait Bonell, n'était en fait qu'une rue modeste, que les hasards de la construction avaient transformée en impasse. Le numéro 1129 correspondait à une maisonnette avec jardinet. La petite auto jaune, qu'Hannibal et ses camarades avaient vue précédemment, stationnait dans l'allée. La façade de la maison était obscure mais, après avoir contourné celle-ci, les jeunes visiteurs s'aperçurent qu'une fenêtre de derrière était éclairée.

S'en approchant, ils constatèrent que c'était celle de la cuisine. Le gardien de la banque se trouvait dans la petite pièce, tout seul. Devant lui, sur la table, une pile de journaux et un appareil téléphonique. Pour l'instant, l'homme, assis devant la table, fixait le vide d'un regard morne. Il paraissait plus âgé que dans la matinée et aussi plus vulnérable. Ses cheveux étaient rares. De grands cernes violets soulignaient ses yeux.

Les garçons le contemplèrent un moment

en silence. Puis, ils songèrent à regagner la façade pour sonner à la porte. Ils n'en eurent pas le temps. Un homme se dressa sur leur chemin. Il tenait à la main un pistolet automatique.

« Que venez-vous faire ici au juste ? » demanda l'inconnu.

Son arme n'était pas dirigée vers les visiteurs et sa voix n'avait rien de menaçant, mais Hannibal, comme dans un cauchemar, eut l'impression que ses amis et lui se trouvaient en danger.

Il y avait quelque chose de froid et d'impitoyable dans l'apparence de l'individu au pistolet. Sa bouche, mince et droite, ne trahissait pas la moindre parcelle d'humour. D'énormes lunettes de soleil, relevées sur son front, lui faisaient comme une seconde paire d'yeux.

Peter ne put s'empêcher de tressaillir. L'homme ordonna :

« Ne bougez pas ! »

La fenêtre de la cuisine s'ouvrit et la tête de Bonell surgit :

« Shelby ! Que se passe-t-il ? »

L'homme au pistolet désigna les garçons du bout de son arme :

« J'ai surpris ces gamins qui vous regardaient par la fenêtre.

— Ah ! » fit simplement Bonell avec une intonation de surprise. Puis il répéta, sur un ton alarmé cette fois : « Ah !

— Entrez ! ordonna l'homme au pistolet. Oui ! Dans la maison. Par la porte de service ! »

Les Trois détectives obéirent et se retrouvèrent dans la cuisine.

«Que signifie tout cela? demanda Bonell. Quand j'ai rendu visite à M. Sebastian, ce matin, il m'a raconté que trois garçons étaient venus le voir, juste avant moi. Etait-ce vous, mes enfants? Il me semble bien vous avoir aperçus sur la route, en grimpant là-haut, avec vos bicyclettes.

— Oui, monsieur Bonell, répondit Hannibal. C'était nous en effet.

— Asseyez-vous donc!» offrit le gardien en tirant des sièges. L'homme au pistolet demanda :

«Voyons, Walter. A quoi rime tout cela! Qui sont ces garçons?

— Shelby, commencez par ranger votre arme. Les pistolets me rendent nerveux.»

Le dénommé Shelby hésita. Puis, relevant une jambe de son pantalon, il glissa son arme dans un étui lacé à même la peau. Peter le regarda faire, sidéré, mais ne dit rien. Répondant à l'invite du gardien, les Trois détectives prirent place autour de la table.

«M. Sebastian, commença Bonell, m'a dit que vous aviez remarqué un personnage suspect aux abords de la banque.»

Shelby lui coupa la parole, criant presque :

«Voulez-vous me dire, à la fin, ce que signifie toute cette histoire? De quoi s'agit-il?»

Bonell soupira :

«Vous n'avez donc pas lu les journaux, ni écouté la radio! La banque a été victime d'un hold-up aujourd'hui, tôt dans la matinée.

— Un hold-up! Non, je n'en savais rien. Comment cela s'est-il passé? Et que viennent faire ces garçons ici? Je ne comprends rien à rien. »

Le gardien de la banque fit alors un rapide résumé des événements.

« Et c'est moi, conclut-il tristement, qui ai ouvert la porte aux voleurs. Je crois que la police me soupçonne d'être de connivence avec eux. »

On sentait le pauvre homme en plein désarroi.

« J'ai agi avec légèreté, admit-il. Si j'avais pris la peine de regarder sous le nez l'individu qui a frappé à la porte, j'aurais vu qu'il s'agissait d'un étranger. Mais, même si je suis coupable de négligence, je ne suis pas un bandit pour autant. Je n'ai jamais commis la moindre malhonnêteté dans toute mon existence. Seulement, bien sûr, la police ne me connaît pas. Il faut donc que je trouve quelqu'un pour m'aider à prouver mon innocence.

— Un homme de loi! » dit aussitôt Shelby. Il avait l'air suffisant d'un homme qui connaît la réponse à toutes les questions. « Il serait prudent de votre part d'en consulter un, Walter. Mais, je vous le demande une fois de plus, qu'est-ce que ces gars-là viennent faire dans l'histoire? Pourquoi vous espionnaient-ils par la fenêtre de la cuisine? »

Bonell eut l'air plus abattu encore.

« Je suppose qu'eux aussi me soupçonnent! » soupira-t-il. Et se tournant vers Hannibal :

« Dans ma détresse, j'ai pensé que M. Sebastian pourrait peut-être m'aider. Je l'avais vu dernièrement dans une émission télévisée. Il disait que, parfois, les gens avaient des ennuis, uniquement pour s'être trouvés au mauvais endroit, et au mauvais moment. C'est bien mon cas, n'est-ce pas! J'ai donc pensé que M. Sebastian s'intéresserait à moi. Un des employés de la banque était du même avis : c'est lui qui m'a donné son adresse. Je suis allé le voir...

— Walter, soyez plus clair! s'impatienta Shelby. Qui est ce M. Sebastian dont vous parlez? »

Hannibal se chargea d'expliquer :

« Il est à la fois romancier et scénariste. Mais, auparavant, il était détective privé. Nous lui avons rendu visite ce matin. Il faut vous dire que quelqu'un avait semé un portefeuille lui appartenant à proximité de la banque. C'est mon ami Bob, ici présent, qui l'a ramassé.

— Je crois, dit Bob, que j'étais juste en face de la banque quand un des auteurs du hold-up s'est présenté à la porte. Et je vous ai vu lui ouvrir, monsieur Bonell!

— Et ce matin, enchaîna Peter, nous vous avons croisé quand vous êtes allé voir M. Sebastian. Il est normal que nous ayons eu des soupçons. Nous avons imaginé qu'il pouvait y avoir un lien entre vous-même, M. Sebastian et... le vol de la banque. »

Le garçon marqua une pause et, rougissant, ajouta :

« Je n'aurais peut-être pas dû exposer aussi crûment la chose.

— Comme je vous l'ai expliqué, j'espérais que M. Sebastian serait prêt à m'aider, déclara Bonell. Mais il commence un nouveau roman et n'a pas de temps à m'accorder. Il m'a donné le nom de plusieurs détectives privés de Los Angeles, me conseillant en outre de consulter un homme de loi. Suivant son avis, j'ai passé quelques coups de fil cet après-midi. Mais savez-vous ce que coûte un homme de loi ? Et un détective privé ? Je ne puis m'offrir les services d'aucun d'entre eux ! »

Hannibal se redressa sur sa chaise.

« Monsieur Bonell, je reconnais que nous vous suspections fortement en venant ici. Mais nos soupçons sont à présent dissipés. Je crois que nous pouvons vous aider. Il faut vous dire que nous sommes nous-mêmes détectives privés ! »

Hannibal prit une carte de visite dans son porte-feuille et la tendit à M. Bonell.

« Ça, alors ! fit Shelby en lisant par-dessus l'épaule de celui-ci. C'est rigolo ! »

Le ton était ironique. Hannibal répliqua froidement :

« Rigolo n'est pas exactement le mot. Disons que nous sommes efficaces. Nous avons remporté des succès que bien des agences privées pourraient nous envier. Nous ne sommes pas gênés par certaines considérations qui freinent les adultes. Nous croyons fermement que rien n'est impossible — ou presque — et nous nous laissons guider par notre instinct. Monsieur Bonell, je suis persuadé que vous n'avez aucune part dans le hold-up de la banque. Et mes amis pensent comme moi, j'en suis sûr!»

Tout en parlant, il questionnait du regard Bob et Peter qui hochèrent affirmativement la tête.

«Si vous acceptez notre concours, acheva Hannibal, les Trois détectives seront heureux de vous aider.»

Walter Bonell parut médusé. Puis il murmura :

«Vous êtes bien jeunes!

— Est-ce vraiment un handicap?» répliqua Hannibal.

Le gardien croisait et décroisait ses doigts avec nervosité.

«Je... je devrais plutôt m'adresser à une véritable agence privée, bredouilla-t-il. Mais... mais...

— Bah! fit Shelby. Qu'est-ce qu'il vous en coûte d'essayer?»

Il tira une chaise à lui et s'y assit.

C'était un homme jeune, aux cheveux blonds et raides. Otant ses lunettes noires, il les fourra dans la poche de son blouson.

«Je ne vois pas pourquoi vous semblez si ennuyé, Walter! reprit-il. Selon votre système judiciaire, vous êtes innocent aussi longtemps qu'on ne peut prouver votre culpabilité.

— C'est que je ne me sens pas moi-même entièrement innocent, avoua Bonell. C'est moi qui ai permis à ces misérables d'entrer!

— On ne peut pas vous mettre en prison pour ça! affirma Shelby. Enfin! Puisque vous vous sentez si mal dans votre peau, pourquoi ne pas accepter l'offre de ces jeunes gens? Je n'imagine pas comment ils pourront vous blanchir, mais ils y parviendront peut-être, qui sait?

— Nous nous y emploierons, en tout cas! déclara Peter.

— Il semble que vous soyez réellement désireux de m'aider, soupira Bonell. Vous ne sauriez croire à quel point cela me touche. Si peu de gens, aujourd'hui, se soucient du malheur d'autrui! Je crois... si vraiment vous pouvez quelque chose pour moi... que je suis prêt à devenir votre client. Il est grand temps qu'on me vienne en aide!»

Chapitre 5

Le récit de M. Bonell

«J'ai l'impression de vivre un cauchemar, poursuivit le gardien en laissant courir un regard anxieux d'Hannibal à Bob et de Bob à Peter. A la banque, on m'a prié de ne pas reprendre le travail tant que cette histoire de hold-up ne serait pas tirée au clair. On ne m'a pas franchement traité de voleur, mais c'est tout comme. Comment peut-on me soupçonner pour de bon? Ai-je l'air d'un homme capable d'aider à dévaliser une banque? Et cette maison ressemble-t-elle à un repaire de bandits?»

Les Trois détectives regardèrent M. Bonell, puis sa cuisinette bien en ordre. Hannibal retint un sourire. Non, certes, il ne se représentait pas l'infortuné Bonell trempant dans une machination quelconque et était bien convaincu que personne n'avait jamais conspiré sous son toit.

« Flûte ! s'exclama soudain Shelby. Mes emplettes ! »

Il disparut par la porte de service. Le chef des Détectives se tourna vers le gardien.

« Pourquoi ne pas commencer votre histoire par le commencement, monsieur Bonell ? suggéra-t-il gentiment. Si vous nous racontez le hold-up, peut-être, en cours de récit, un détail oublié vous reviendra-t-il en mémoire. »

Le pauvre homme ne semblait pas avoir beaucoup d'espoir.

« M. Sebastian estime qu'il est plus dur de prouver qu'un suspect est innocent — s'il n'a pas d'alibi — que de prouver qu'il est coupable.

— Au fait, êtes-vous certain de n'avoir pas d'alibi ? demanda Hannibal. Si vous faisiez partie de la bande, une portion de votre temps, les jours qui ont précédé le hold-up, aurait été employée à préparer le coup. Pouvez-vous fournir une liste de vos activités, disons au cours de ces deux dernières semaines ? »

Le gardien secoua tristement la tête. Hannibal insista :

« Votre ami Shelby ne peut-il vous aider ? J'ai cru comprendre qu'il habitait ici. Peut-être se rappellera-t-il à quoi vous avez passé votre temps libre pendant les deux semaines en question. »

De nouveau, Bonell secoua la tête.

« Shelby loge ici, où il a une chambre, mais il n'est guère à la maison. Il voyage pour une société qui fabrique des ordinateurs. Je ne l'ai pas vu de toute la semaine dernière, même pendant le week-end. Une firme de Fresno, qui lui avait passé une grosse commande, a eu besoin de lui pour mettre en route ses machines à calculer. Il vient tout juste de rentrer. Et puis, même quand il est ici, il ne me prête guère d'attention. Quand j'étais dans la maison qui l'emploie — les ordinateurs TX-4 —, il se montrait beaucoup plus amical !

— Ah ! Parce que vous avez travaillé pour la Société TX-4 ?

— Oui, après qu'elle eut absorbé les Machines Jones-Templeton. »

Pour la première fois, M. Bonell relevait fièrement la tête. Il précisa :

« Je suis resté plus de trente ans chez Jones-Templeton. J'y ai fait mes débuts juste après la Seconde Guerre mondiale et j'ai gravi pas mal d'échelons. A une époque, dans mon secteur, il y avait douze employés et j'étais sous-chef de bureau. C'était une bonne place et mes enfants ne manquaient de rien, je vous l'assure. Oui, une excellente place, très stable. »

M. Bonell se leva et disparut dans la pièce voisine pour en revenir bientôt, une photo encadrée à la main. Elle le représentait dans la force de l'âge... un homme jeune, brun, à la chevelure fournie. Il avait près de lui une jeune femme blonde, au visage rond, et deux enfants.

« Mon épouse, Eleanor ! expliqua-t-il. Nous

nous sommes mariés un an après la fin de la guerre. Elle est malheureusement morte quatre ans plus tard, d'une crise cardiaque. Elle était bien jeune pour disparaître ainsi. »

Il fit une pause et s'éclaircit la voix.

« Je suis navré, murmura Hannibal.

— Hélas ! ces choses-là arrivent. Plus tard, je me suis senti bien seul quand les enfants furent partis. Mon fils travaille dans l'électronique et Debra s'est mariée. Son mari est agent d'assurances. Ils habitent Bakersfield et ont deux enfants. Je suppose que je devrais remercier la providence pour avoir pu élever les miens convenablement et les savoir heureux. Mais je regrette qu'ils ne vivent pas plus près de moi. Quand j'étais encore à la Société TX-4, j'ai songé à alléger ma solitude en prenant un locataire. Il s'est trouvé que Shelby — Shelby Tuckerman — cherchait précisément un logement. Il s'est donc installé ici. Cela me fait un petit revenu. »

La porte de derrière s'ouvrit et Shelby parut, les bras chargés de produits d'épicerie et de provisions diverses. Allant droit au réfrigérateur, il entreprit d'y empiler paquets et aliments surgelés.

« Si nous en revenions à ce qui s'est passé hier soir ? suggéra Hannibal. Cela vous ennuierait-il de nous raconter en détail toute l'histoire ?

— Si cela doit vous aider... consentit le gardien. Au début, tout était comme à l'ordinaire. Voilà un an que j'ai cet emploi. J'embauche à midi et effectue de menus travaux... rien d'important. Si j'ai accepté d'entrer dans cette banque, c'est que le temps me semblait bien long depuis que j'ai quitté la TX-4. Vous comprenez... on m'a remplacé par un robot. A la banque, donc, comme je vous le disais, je fais un peu de tout. Quand elle ferme, je supervise l'équipe de nettoiement. Elle ne s'éternise pas sur place. En génénal, ces gens-là ont fini leur travail dès six heures. Ils s'en vont alors et je boucle la porte derrière eux. Puis, je fais une ronde pour m'assurer que tout est en ordre. Alors seulement, je m'en vais. Vous voyez que je ne suis pas à proprement parler un veilleur de nuit. La banque n'en emploie pas. Avec une fermeture de sécurité à la chambre forte, elle estime pouvoir s'en passer. Personne ne pourrait s'introduire dans la chambre des coffres sans déclencher un signal d'alarme qui ameuterait tous les policiers du quartier.

— Voilà pourquoi, souligna Bob, ces bandits vous ont retenu prisonnier toute la nuit. Ils ne pouvaient agir tant que le système de sécurité n'était pas débranché.

— Exactement. Ils étaient trois en tout... trois hommes... et au courant de ce système d'alarme. Sans doute ont-ils patienté à l'extérieur de l'établissement, tout en faisant le guet, jusqu'au moment où l'équipe de nettoiement est partie par l'ascenseur. Un peu plus tard, l'un d'eux est venu frapper à la porte. L'entrée de l'immeuble n'est pas très bien éclairée et quand j'ai regardé par le judas, j'ai vu un homme aux cheveux gris, en vêtements de travail. Sa casquette dissimulait en partie son visage. J'ai cru que c'était Rolf qui avait oublié quelque chose. Sans méfiance, j'ai ouvert la porte. Il est entré. Non seulement ce n'était pas Rolf, mais il tenait un pistolet à la main et m'en menaçait. Trop tard pour faire quelque chose! Là-dessus, deux autres hommes sont arrivés. Ils portaient des postiches : perruques, fausses barbes et fausses moustaches. Ces bandits m'ont fait reculer dans un bureau où l'on ne pouvait m'apercevoir de la rue. Ils sont restés à me surveiller toute la nuit, sans même tenter de s'approcher de la chambre des coffres. Et puis, au matin, quand le personnel est arrivé, ils ont obligé les employés à me rejoindre dans la pièce de derrière. Et quand M. Henderson est arrivé à son tour — il est le seul à connaître la combinaison et à pouvoir ouvrir la chambre forte —, ils l'ont forcé à ouvrir celle-ci après avoir débranché le système d'alarme.»

Shelby Tuckerman vint s'asseoir près de Peter.

«Je crois, dit-il à Bonell, que quelqu'un du voisinage a dû vous pister. Ou bien un des vos copains du club aura décidé qu'un hold-up de votre banque était faisable.»

Le gardien parut ennuyé.

«Shelby, dit-il, je n'aurais pas manqué de reconnaître un de mes voisins ou un de mes amis. Je puis vous affirmer que les bandits de cette nuit m'étaient complètement inconnus.»

Shelby se leva et alla mettre une bouilloire sur le feu.

« Mais ces types-là étaient déguisés, n'est-ce pas ? insista-t-il. Je pense qu'il serait bon que ces garçons jettent un coup d'œil à vos voisins.

— Pourquoi pas ? répliqua Hannibal. Je me doute bien, monsieur Bonell, qu'il vous déplaît de paraître soupçonner votre voisinage. Pourtant, il semble bien que quelqu'un ait connu de A à Z la routine de la banque. Pouvez-vous jurer que personne n'ait épié vos faits et gestes ces jours derniers ? Quelqu'un ne vous a-t-il pas posé des questions à propos de votre travail ?

— Non », répondit le gardien d'un air malheureux.

L'eau de la bouilloire chantait déjà. Shelby se fit un café instantané et se rassit pour le déguster tranquillement. Son regard allait d'Hannibal à Bonell et de Bonell à Hannibal.

« Peut-être, déclara ce dernier, aurons-nous à prouver la culpabilité de quelqu'un avant de prouver votre innocence. Il se peut que nous possédions un indice.

— Un indice ? répéta Bonell, soudain en alerte. Lequel ?

— A ce point de notre enquête, nous ne pouvons affirmer que ce soit vraiment un indice, expliqua prudemment le chef des Détectives. Mieux vaut donc ne pas en discuter avec vous. Nous allons poursuivre nos recherches et nous vous téléphonerons d'ici un jour ou deux. Entre-temps, si vous remarquez un comportement bizarre chez une de vos connaissances, ou encore si quelqu'un vous pose des questions indiscrètes, ne manquez pas de nous le faire savoir. Notre numéro de téléphone est gravé au bas de notre carte de visite.

— Entendu. »

Les Trois détectives prirent congé. Quand la porte se fut refermée derrière eux, Bob murmura :

« Un indice ? Tu veux dire ce portefeuille ? Est-ce bien un indice ?

— Un très faible indice, admit Hannibal, mais c'est tout ce que nous avons. Je crois que nous sommes déjà parvenus à cette conclusion que ni M. Sebastian ni ce pauvre Bonell ne sont des criminels. Cependant, si l'aveugle à la cicatrice est impliqué dans le hold-up de la banque, il se peut que M. Sebastian soit entré en contact avec l'un des bandits, à un moment ou à un autre. Son portefeuille constitue un des maillons de la chaîne. C'est donc une piste à suivre.

— Puisque tu le dis ! soupira Peter. Essaie seulement, pour une fois, de ne pas nous entraîner dans un endroit où les gens sont toujours le pistolet à la main ! »

Chapitre 6

Un rêve effrayant

Bob Andy partit pour Santa Monica le lendemain matin, de bonne heure. Il se proposait de demander aux commerçants voisins de la banque dévalisée si, depuis le hold-up, ils avaient revu l'aveugle dans les parages. Ensuite, il devait retourner bien vite à Rocky où il travaillait, à mi-temps, à la bibliothèque municipale.

De leur côté, Hannibal et Peter allèrent enquêter près de la société de location de bateaux de pêche Denicola. C'était un endroit, situé à deux pas d'un appontement, qui n'attirait guère l'attention. Les deux garçons s'arrêtèrent de l'autre côté de la route pour l'observer. Même par cette froide matinée de printemps, des pêcheurs étaient déjà installés le long de la plage et au bout de la jetée. Le vent soufflant sur l'océan crêtait ses vagues d'écume.

« Beau temps pour le surf! » estima Peter avec envie.

Mais Hannibal se souçiait peu du surf. Il regardait le bateau amarré à l'appontement. La *Maria III* semblait solide, bien conçue pour la pêche au gros. Un jeune homme en vêtements de marin était en train, semblait-il, de réviser le moteur.

Un peu plus loin, les garçons aperçurent un pimpant canot à moteur, blanc, attaché à un corps mort et protégé par une bâche imperméable.

« Ce doit être le bateau de M. Sebastian, dit Hannibal. Ecoute, Peter! Reste ici et surveille nos vélos. »

Peter, qui suivait avec des yeux avides les évolutions des surfeurs, ne demandait pas mieux. Hannibal traversa la route. Un chemin menait à la jetée. A gauche, un petit parking, vide pour l'instant. A droite, une allée aboutissant à une maisonnette devant laquelle stationnait une camionnette. Entre la jetée et la petite maison s'élevait un local avec de grandes fenêtres sur trois côtés et une porte sur celui s'ouvrant sur la mer. A travers les vitres, Hannibal aperçut une femme aux cheveux gris, vêtue de noir, assise devant un bureau et compulsant un registre. Une femme plus jeune, à la chevelure bouclée, d'un roux flamboyant, parlait au téléphone.

Hannibal s'approcha du local, sourit par la fenêtre à la jolie rousse, poussa la porte et entra.

Le bureau de la société de location Denicola sentait l'eau salée, les bottes en caoutchouc et les algues. Un banc de bois courait le long d'un mur. Des brochures vantant différentes sortes de pêche s'entassaient sur la table. Un plan des environs était placardé face à l'entrée.

«Je suis à vous dans une minute, fit la rousse sans lâcher l'écouteur.

— J'ai tout mon temps», assura Hannibal aimablement.

L'autre femme leva les yeux et, aussitôt, le chef des Détectives éprouva l'impression pénible que, sous ce regard scrutateur, il devenait transparent. Il aurait juré qu'elle lisait dans ses pensées. Mais, déjà, elle se replongeait dans l'étude de son registre.

Hannibal regarda au-dehors. Il vit le jeune homme en vêtements de marin sauter sur le ponton et se diriger en sifflant vers l'agence. Il entra à l'instant même où la jeune femme, ayant raccroché, se tournait vers Hannibal.

«Que puis-je pour vous? demanda-t-elle.

— Je venais voir si vous n'auriez pas trouvé un portefeuille. M. Sebastian a perdu le sien il y a un jour ou deux.

— M. Sebastian? Il est venu ici récemment? Je ne l'ai pas vu. Erny, l'auriez-vous transporté à bord de son canot? Oui? Dans ce cas, allez vite voir s'il n'y aurait pas laissé son portefeuille.

— Certainement pas! répondit le garçon qui venait d'entrer. Il est exact que j'ai conduit M. Sebastian à son bord mais, après son départ, j'ai tout vérifié et rangé dans son bateau et j'aurais bien vu le portefeuille s'il y avait été. »

Il se tourna vers Hannibal d'un air soupçonneux.

« Pourquoi M. Sebastian n'est-il pas venu lui-même ? Ou pourquoi n'a-t-il pas téléphoné ?

— Il est terriblement occupé, expliqua Hannibal. Il s'est beaucoup déplacé ces deux derniers jours et ne se rappelle pas au juste où il a pu perdre son portefeuille. Je lui ai proposé de le lui chercher. Il vaut mieux se déranger que de téléphoner. C'est plus sûr. »

Le jeune homme s'apprêtait à dire que M. Sebastian avait vu un homme aux cheveux gris, aveugle et balafré, mais, avant qu'il ait pu donner une description du mendiant, la femme âgée leva de nouveau les yeux.

« Vous cherchez un portefeuille, dit-elle. C'est curieux. Cette nuit, j'ai rêvé d'un portefeuille. »

La rousse sourit :

« Ma belle-mère est terrible, confia-t-elle à Hannibal. Ses rêves se réalisent presque toujours.

— Ce n'est pas moi qui suis terrible, coupa la femme âgée. Ce sont mes rêves. La nuit dernière, j'ai eu la vision d'un étranger qui venait ici. Il ramassait un portefeuille et se hâtait de le glisser dans sa poche. Cet homme avait des cheveux gris, comme mon Vincenzo peu avant sa mort, mais il était plus petit et moins âgé que mon mari. Il portait des lunettes noires. Une balafre le défigurait, comme s'il avait reçu un coup de couteau. Il marchait en tapant devant lui avec une canne, comme s'il était aveugle. Mais il savait que je l'épiais. Et moi, je savais que cet homme-là représentait un danger pour moi. C'était un vilain rêve... mais très réel... Je vous assure, Eileen, qu'en me réveillant, je n'étais pas à mon aise. »

Par hasard, les yeux d'Hannibal se posèrent sur le jeune homme près de lui. Erny était devenu très pâle. Il semblait même qu'il tremblât.

« Que vous arrive-t-il, Ernesto ? demanda la fille rousse. Cette description correspond-elle à quelqu'un de votre connaissance ?

— Non, non ! protesta Erny avec un peu trop d'énergie. C'est la manière dont Mme Denicola raconte son rêve qui est effrayante. »

Personne ne parla plus d'un moment. Puis Hannibal remerçia les deux femmes et sortit pour aller retrouver Peter, toujours plongé dans la contemplation des surfeurs.

« Nous avons décroché la timbale ! annonça Hannibal. La vieille dame qui tient le bureau est Mme Denicola en personne. La rouquine qui l'assiste est sa belle-fille. Celle-ci prétend que Mme Denicola a souvent des rêves prémonitoires.

— Tu veux dire qu'elle rêve de trucs qui se réalisent par la suite ? demanda Peter.

— Oui. Mais elle rêve aussi d'événements qui se sont déjà produits. La preuve : elle dit avoir rêvé d'un homme qui a trouvé le portefeuille et qui l'a fourré dans sa poche. Cet homme était aveugle... et représenterait un danger pour elle !

— Toi, tu es en train de me raconter des contes de fées !

— Pas du tout. Je ne fais que te répéter fidèlement ce qu'elle nous a déclaré. De toute évidence, cette femme est effrayée. Et le gars que nous avons vu en train de vérifier le moteur du bateau a encore plus peur qu'elle, si j'en crois mes yeux. En entendant raconter le fameux rêve, il est devenu blanc comme un linge et tout tremblant. Il sait certainement quelque chose au sujet de l'aveugle, mais il ne veut rien dire. Ce garçon est une des pièces de notre puzzle. Et j'ai bien l'intention de découvrir ce qu'il nous dissimule. »

Chapitre 7

Peter découvre du neuf!

« Ecoute! dit Peter. Si l'employé des Denicola est mêlé à cette histoire, autant commencer par nous renseigner sur son compte. Je vais le filer. Toi, reste à l'écart. Il te connaît et, en te voyant rôder dans les parages, il pourrait devenir soupçonneux.

— D'accord, mais sois prudent!

— Inutile de me le recommander, mon vieux. Je suis toujours prudent. On ne peut pas en dire autant de toi. »

Tandis que le chef des Détectives s'éloignait, Peter alla garer son vélo sous la jetée et le fixa avec un antivol. Il prenait grand soin de ne pas paraître s'intéresser à l'agence Denicola. Il gagna ensuite la plage, s'assit sur le sable et regarda en direction de la *Maria III*. Erny, l'employé, était revenu à bord et astiquait les chromes.

La matinée s'écoula assez agréablement pour le jeune détective. Des enfants vinrent jouer près de lui. Devinant qu'ils étaient du coin, il bavarda avec eux et les fit parler. C'est ainsi qu'il apprit qu'Erny vivait dans la maisonnette toute proche, avec deux autres garçons, apparemment des étrangers.

Peter déjeuna d'un sandwich acheté dans un petit marché voisin. Il se remit ensuite à surveiller Erny jusqu'à cinq heures de l'après-midi. A ce moment-là, l'employé des Denicola quitta son travail pour regagner son domicile. La bicoque, dont la façade donnait sur la grand-route, se prolongeait sur pilotis du côté de la plage.

Après l'avoir vu disparaître à l'intérieur, Peter se sentit perplexe. Comment découvrir quelque chose de plus sur Erny, qui pouvait être en cheville avec l'aveugle ?

Soudain, une vieille camionnette ferraillante fit son apparition sur la route. Elle s'arrêta devant la maison d'Erny. Un jeune homme en descendit, remercia le conducteur du geste et entra dans la bicoque. Presque aussitôt, un autre garçon arrêta devant la porte l'antique Buick qu'il pilotait, et entra à son tour.

Maintenant, il ne restait que deux ou trois pêcheurs sur la plage et le soleil déclinait à l'horizon. Peter décida qu'il ferait encore le guet dix minutes, puis irait reprendre sa bicyclette et rentrerait chez lui.

A peine venait-il de prendre cette décision que la porte de la maisonnette s'ouvrit et qu'Erny et ses deux camarades en sortirent. Après avoir traversé la route au-delà de la société Denicola, ils se mirent à grimper un raidillon — un raccourci, apparemment — donnant accès au *Motel de l'Océan*. L'esplanade de l'hôtel dominait la mer d'assez haut. Peter hésitait à gravir le flanc de la colline à la suite du trio quand deux voitures vinrent, l'une après l'autre, s'arrêter sur la route près de lui. Des hommes en descendirent, qui entreprirent aussitôt l'escalade. Puis deux jeunes gens à moto arrivèrent et en firent autant. D'autres encore... Peter n'hésita plus. Comme d'une nouvelle voiture venaient de sortir un couple et deux enfants, il leur emboîta tranquillement le pas et suivit l'étonnante procession.

Arrivé en haut de l'escarpement, tout le monde se dirigeait derrière le motel où se trouvaient le parking réservé aux clients et la piscine. L'endroit était brillamment éclairé. Peter vit quantité de chaises pliantes alignées autour de la piscine et même bien au-delà, jusqu'au parking.

Dans un espace dégagé, Erny et ses copains s'activaient à dresser d'énormes chevalets sur lesquels ils déployèrent des photographies géantes. L'un de ces posters représentait, en noir et blanc, un homme aux cheveux d'argent, portant un uniforme lourdement chamarré. Un second poster montrait, en couleur cette fois, une ville baignée de l'or du soleil couchant. Mais c'est la troisième photo qui donna un coup à Peter. Car c'était, tout craché, le portrait de l'aveugle à la balafre, tel que l'avait décrit Bob.

Peter se sentit brusquement nerveux. Il se trouvait là sans y avoir été invité. Une brusque envie de s'enfuir le saisit. Mais s'il cédait à la tentation, jamais Hannibal ne le lui pardonnerait. Un meeting quelconque allait avoir lieu et, en y assistant, peut-être apprendrait-il qui était au juste l'homme à la cicatrice. Le meeting en question semblait être libre : personne ne prenait de ticket. Et personne non plus ne faisait attention à Peter. Un peu rassuré, il décida de rester.

Il prit place sur une des chaises pliantes et réussit même à sourire au gros homme qui s'installa sur le siège voisin. La foule grossissait d'instant en instant. Bientôt, toutes les chaises furent occupées. Les fenêtres du motel restant obscures, Peter en déduisit que l'établissement ne devait ouvrir qu'en été.

Il faisait presque nuit quand la séance commença. Un des amis d'Erny déploya un drapeau bleu bordé d'or et décoré, au centre, de feuilles de chênes dorées. Puis une femme de l'assistance se mit à chanter. En un clin d'œil, tout le monde se trouva debout et chantant à l'unisson. Peter se leva lui aussi et fit mine de chanter. C'était la première fois qu'il entendait cet air-là, qui lui parut être une sorte d'hymne martial ou un chant patriotique. Quand la musique qui avait accompagné les chanteurs cessa, l'assemblée se rassit.

Un homme âgé monta alors sur une estrade

hâtivement dressée et entama un discours en espagnol. Peter pesta intérieurement. Il ne comprenait pas cette langue. Quel dommage qu'Hannibal ne fût pas là !

L'orateur, calme au début, s'enflamma peu à peu, parut même furieux. Il brandissait un poing vengeur contre un adversaire inconnu qui se serait trouvé au-delà du cercle des maigres lumières éclairant l'assistance. Quand il se tut, des applaudissements fournis éclatèrent. Une fille blonde se leva et cria ce qui semblait être un slogan. La foule le répéta après elle, puis battit de nouveau des mains, trépigna.

Le silence revenu, la fille entama un speech véhément tout en désignant les posters derrière elle et, chaque fois que son doigt pointait en direction du portrait de l'aveugle à la balafre, des acclamations montaient du public. Elle aussi fut vivement applaudie.

Après quoi, Erny se mit à interpeller des gens dans l'assistance, au hasard, leur demandant de se lever et de parler. Tous s'exécutèrent, en s'exprimant en espagnol. Peter sentait le danger se rapprocher. En effet, bientôt Erny lui fit signe et chacun le dévisagea. Peter secoua la tête en signe de refus, mais son voisin l'encouragea d'une bourrade. Alors, Peter se leva, l'esprit en ébullition. Il n'avait que quelques secondes pour trouver une parade. Déjà, autour de lui, on commençait à trouver son silence étrange. Il eut alors une inspiration. Il porta la main à sa gorge et émit un son rauque. Son voisin se chargea de traduire :

« Ha, ha ! Laryngite ? »

Peter fit oui de la tête, avec un sourire d'excuse. L'auditoire parut comprendre et il put se rasseoir, soulagé. Là-dessus, la fille blonde fit la quête. Peter déposa un dollar dans sa corbeille.

Soudain, quelqu'un poussa un cri d'alarme. La corbeille, le drapeau et les posters disparurent comme par enchantement. Erny et ses deux amis se retrouvèrent en un clin d'œil sur l'estrade avec des guitares et un accordéon. Ils entamèrent une douce mélodie et la fille blonde se mit à chanter. L'assistance se joignit à elle.

Un bruit de pétarade troubla cette scène idyllique. Peter aperçut un motard en uniforme grimpant le raidillon sur sa machine. Les chants faiblirent puis s'arrêtèrent.

Le policier mit pied à terre et s'approcha de l'estrade :

« Désolé de vous interrompre. Qui a organisé cette réunion ?

— Moi ! dit Erny. M. Sanderson nous a autorisés à répéter ici.

— Sanderson ? Le propriétaire de ce motel ?

— Oui. Il nous a loué la grande salle. Voulez-vous voir le reçu ?

— Non. Je vous crois. Mais vous n'êtes pas ici dans la grande salle. Et ne vous a-t-on pas averti que cet établissement était insalubre et dangereux ? Vous voyez bien qu'il est fermé. Le terrain de cette colline est devenu mouvant à la suite des dernières pluies. Il peut glisser d'un moment à l'autre. Et d'abord, que faites-vous? Qui sont tous ces gens?»

Le sourire d'Erny ne pouvait être plus candide quand il répondit :

« Nous sommes la Fédération musicale de Sunset Hills et nous répétons pour le prochain gala qui doit se tenir au Coliseum dans trois semaines. Quant à l'insalubrité des lieux, oui, M. Sanderson nous a prévenus, mais il était trop tard pour repousser la date de cette répétition. Certains de nos membres, qui viennent de loin, n'auraient pu se libérer de nouveau. Mais, au lieu de rester dans la grande salle, nous avons jugé plus prudent de répéter en plein air. Ainsi, si le motel s'effondre, personne ne sera blessé.

— N'y comptez pas trop, affirma le policier. Il y a vraiment du danger à rester ici.» Et, élevant la voix : « Allons, mesdames et messieurs, dispersez-vous et partez le plus vite possible! Pas de panique, mais pressez-vous!»

La foule obéit aussitôt, docile. Tout en descendant la colline au milieu du troupeau, Peter entendit encore Erny qui disait au motard :

«Je veux bien faire vite, mais donnez-moi le temps de remettre ma guitare dans son étui, s'il vous plaît!»

Le garçon ne manquait pas de sang-froid! Peter hocha la tête, encore stupéfait des événements auxquels il venait d'assister. Quelle tête ferait Hannibal quand il entendrait son récit!

Chapitre 8

Nouvelles pistes

« Je ne sais ce que ces gens-là mijotent, déclara Peter à la fin de son rapport, mais je parierais mon argent de poche d'avril que cela n'a rien à voir avec une société de musique. »

On était au lendemain matin et les Trois jeunes détectives se trouvaient réunis à leur quartier général.

« Tu risquerais de perdre, déclara placidement Hannibal en relisant un entrefilet de la *Gazette de Los Angeles*. Il y a effectivement un gala de musique au Coliseum dans trois semaines. »

Bob n'avait rien appris la veille au sujet du mendiant aveugle et s'en montrait dépité. Mais le récit de Peter lui fit oublier sa déception. Levant le nez du gros atlas qu'il était en train de feuilleter, il annonça :

« Le drapeau que tu nous as décrit, Peter,

n'est ni mexicain ni espagnol. Il n'appartient pas davantage à un Etat d'Amérique centrale.

— Peut-être, avança Hannibal, n'est-ce pas le drapeau d'un pays, mais la bannière d'une organisation quelconque.

— Attendez un peu! s'écria Bob qui s'était replongé dans son atlas. Mesa d'Oro! C'est un petit Etat d'Amérique du Sud. Il possède deux drapeaux, si j'en crois ce bouquin. Le premier est vert, avec une otarie en son centre, l'autre bleu avec des feuilles de chêne dorées au milieu. Le premier est le drapeau officiel, l'autre celui de la Vieille République. Le bleu est toujours utilisé dans quelques provinces éloignées et par certains groupes conservateurs... Mesa d'Oro (la Table d'Or en espagnol) possède des ports sur le Pacifique. Cet Etat exporte du café et de la laine. On cultive l'orge sur les hauts plateaux au sud de la capitale, un port du nom de Cabo de Razon. Population : trois millions et demi.

— Quoi encore? demanda Peter.

— C'est tout. Un simple atlas ne donne pas une masse d'informations, tu sais.

— Très intéressant! déclara Hannibal. Une réunion où l'on fait la quête, sans doute en faveur d'un petit Etat d'Amérique du Sud. Les organisateurs du meeting agissant en cachette et ne craignant pas de mentir à un représentant de la loi. Un poster représentant l'aveugle à la balafre. Et celui qui préside le meeting n'est autre que l'employé des Denicola, celui-là même qui s'est troublé quand la vieille Mme Denicola a raconté son rêve où elle voyait un aveugle ramasser un portefeuille. Il faudrait savoir ce que faisaient au juste tous ces gens rassemblés hier soir. Sont-ils mêlés à l'affaire de la banque ou nous offrent-ils un mystère supplémentaire, bien à part? Une chose est certaine : ils ne se souciaient pas de dire la vérité à la police!

— Ils ne fomentaient certainement aucun projet criminel, déclara Bob. C'est impensable. Il y avait là trop de monde, et ils ne prenaient guère de précautions. La preuve : Peter a pu se faufiler parmi eux sans difficultés. »

Hannibal fronça les sourcils et tira sur sa lèvre inférieure, signe qu'il réfléchissait intensément. Peter émit :

« Peut-être que le balafré du poster n'était pas le même que celui aperçu par Bob devant la banque. Il n'y a pas qu'un seul aveugle balafré au monde!

— La coïncidence serait trop extraordinaire, remarqua Hannibal. Et n'oublie pas les autres : M. Sebastian a sans doute perdu son portefeuille chez les Denicola et Erny a marqué le coup quand sa patronne a décrit l'aveugle de son rêve. Il doit bien s'agir du même homme. Mais quel est le lien qui le relie à Mesa d'Oro? Et est-il, oui ou non, complice des auteurs du hold-up?

— Peut-être Erny est-il un agent secret et l'aveugle son contact? suggéra Peter. Et si Erny est réellement un espion, il est normal qu'il ait dissimulé son identité au motard, en prétendant n'être qu'un chanteur.

— Peter! grommela Bob, tu regardes trop la télévision. Les gens n'agissent pas ainsi dans la vie réelle.

— Eh bien, moi, je pense qu'ils agissent parfois de façon encore plus fantastique, affirma le chef des Détectives. Pour l'instant, nous n'en savons pas assez sur Erny et Compagnie pour comprendre ce qui se passe. L'histoire de Peter nous apporte cependant de nouveaux indices. Mesa d'Oro, pour commencer. Il faut poursuivre notre enquête et prouver l'innocence de M. Bonell.

— Je dois être à la bibliothèque à dix heures, dit Bob. Une fois là-bas, je tâcherai de réunir des renseignements supplémentaires sur Mesa d'Oro.

— Hannibal! appela la voix de la tante Mathilda. Hannibal! Où es-tu?

— Bon! soupira Peter. Voilà ta tante qui a besoin de toi!»

Bob ouvrit une trappe dans le plancher de la caravane. Elle donnait accès à une large canalisation de fonte. C'était le tunnel n° 2. Il courait sous une montagne d'objets de rebut et aboutissait à l'atelier d'Hannibal, dans la cour du bric-à-brac. Ce n'était que l'un des multiples passages secrets utilisés par les garçons et qui leur permettaient d'échapper aux regards de Mathilda et de Titus Jones, quand ils voulaient aller et venir librement.

Les Trois détectives ne mirent que quelques secondes pour ramper jusqu'au bout du tunnel. Là, ils se trouvèrent en face d'une grille qu'ils n'eurent qu'à pousser pour déboucher dans l'atelier. De là, ils passèrent dans la cour.

«Ah! te voici enfin, dit la tante Mathilda à son neveu. Pourquoi ne réponds-tu pas quand on t'appelle? Hans a besoin de toi. Il doit faire une livraison. Peter! Vas-y aussi, tant que tu y es! Il s'agit de meubles... vous savez, ces tables et ces bancs qu'oncle Titus a peints en bleu, vert et jaune? Ce que cet homme peut imaginer quand il s'y met... il faut le voir pour le croire! N'empêche qu'une femme venue examiner le lot l'a trouvé charmant et l'a acheté sur-le-champ. Elle va ouvrir un jardin d'enfants à Santa Monica, avenue Dalton. C'est une chance que ces meubles lui aient plu, sans quoi nous les aurions eus sur le dos jusqu'au jour du Jugement dernier. Bob, où vas-tu comme ça?

— A mon travail. Je dois être à la bibliothèque dans dix minutes!

— Alors, dépêche-toi!»

Elle-même se remit en hâte à la tâche, cependant qu'Hannibal et Peter allaient trouver Hans, l'un des deux frères bavarois que les Jones employaient. Quand ils eurent aidé Hans à empiler tables et bancs dans la camionnette, les deux garçons prirent place à côté de lui sur la banquette, et en route!

Le futur jardin d'enfants se trouvait dans une rue de Santa Monica perpendiculaire à la côte océane. Juste à côté s'élevaient les bâtiments abritant le Club municipal du troisième âge, au milieu d'une jolie pelouse. En ce moment même, quatre hommes, installés au soleil autour d'une table de jardin, disputaient une partie de cartes. Un cinquième personnage, appuyé sur sa canne, les regardait jouer. Il semblait triste et las. En l'apercevant, Hannibal ne put se retenir de soupirer. C'était Walter Bonell. Peter, lui aussi, l'avait remarqué.

« Il semble n'avoir pas fermé l'œil de la nuit ! fit-il observer.

— En effet.

— Et, à moins que mon imagination ne me joue des tours, on dirait bien que les autres types l'ignorent.

— On le dirait, en effet. Voilà ce que c'est que d'être suspect ! Les gens ne savent au juste comment se comporter vis-à-vis de lui.

— Vous connaissez cet homme ? s'enquit Hans avec curiosité.

— C'est un client, indiqua brièvement Hannibal. J'irai lui parler un peu tout à l'heure, bien que je n'aie réellement rien à lui dire. Nous essayons de l'aider.

— Dans ce cas, il peut dormir tranquille ! » déclara Hans.

Le grand Bavarois mit pied à terre et alla sonner à la porte du jardin d'enfants. Pendant qu'il attendait qu'on lui réponde, Peter, qui regardait du côté du Club, donna un coup de coude à Hannibal.

« Attention ! Regarde qui vient ! »

Il se laissa glisser sur le plancher de la camionnette, de manière à ne pas être vu. Hannibal aperçut alors une très jolie fille qui venait dans leur direction. Ses longs cheveux blonds flottaient sur ses épaules. Un gros saint-bernard l'accompagnait.

«Qui est-ce? chuchota Hannibal. Tu la connais?

— C'est la fille du meeting... celle qui nous a fait un discours et que tout le monde a applaudie.

— Hum!... Ah! La voici qui tourne dans l'allée du Club. Et... mais oui... elle embrasse M. Bonell sur les deux joues!

— Quoi!» s'exclama Peter en se redressant pour voir.

La jolie blonde, lâchant la laisse de son chien, avait passé son bras autour des épaules de M. Bonell à qui elle souriait amicalement. Le gardien de la banque, à ce qui semblait, était aussi rouge de confusion que de plaisir.

«Eh bien! s'exclama Peter. Voilà le lien entre Bonell, le hold-up de la banque, les trois garçons de chez Denicola, le portefeuille de M. Sebastian et l'aveugle à la balafre!

— Tu crois donc que cette fille est le lien en question? demanda Hannibal.

— Et comment! C'est tout simple. La fille fait partie de la bande. Elle s'est débrouillée pour faire la connaissance de Bonell, elle lui a soutiré toutes les informations désirables : heures d'ouverture, de fermeture, système d'alarme, moment où se pointe l'équipe de nettoiement, et le reste! L'aveugle est le chef des bandits. C'est lui qui faisait le guet pendant que les autres cambriolaient la banque. Et pourquoi cette fille ne serait-elle pas l'un des voleurs? Elle aurait très bien pu se déguiser pour que Bonell ne la reconnaisse pas. A moins qu'elle ne soit qu'une simple informatrice.

— Ta théorie peut se défendre, avoua Hannibal. Mais que fais-tu de tous ces gens qui assistaient au meeting d'hier soir?

— Eh bien... heu... ce pourrait être d'innocentes dupes, suggéra Peter. Les bandits les utiliseraient pour... pour... »

Peter s'arrêta, ne sachant que dire.

« Penses-tu, demanda Hannibal, que des gens qui viendraient de voler un quart de million de dollars auraient encore besoin d'argent au point de faire une quête?

— Heu... oui... évidemment...

— N'empêche, enchaîna le chef des Détectives, que voici une autre remarquable coïncidence. La fille qui, hier soir, tenait un rôle de premier plan dans cette réunion, paraît fort bien connaître Walter Bonell. Quand nous pourrons parler à celui-ci seuls à seul, nous lui demanderons si cette fille ne l'a pas questionné sur sa banque. »

En ce moment même, la jeune fille riait. Son chien avait accroché sa laisse aux branches d'un hibiscus et elle s'employait à le libérer.

« Reste ici pour aider Hans, souffla Hannibal à son lieutenant. Moi, je vais filer cette fille et voir où elle habite et qui sont ses amis. Vite, cache-toi! La voici qui arrive! »

De nouveau, Peter se laissa glisser de la banquette afin de n'être pas aperçu par la suspecte. Mais elle passa sur le trottoir sans même jeter un coup d'œil à la camionnette.

Hannibal attendit un moment, puis sauta hors du véhicule et se lança sur les traces de la fille.

Chapitre 9

Une artiste en maquillage

Le chef des Détectives commença sa filature avec prudence. Mais, quand celle qu'il suivait tourna au coin de la rue, il pressa le pas... juste à temps pour la voir s'engager dans la cour d'un vieil immeuble.

Celui-ci était construit autour des trois côtés d'une piscine. Une grille de fer peinte en blanc séparait le quatrième côté de la rue. La fille avait disparu à l'intérieur de la bâtisse mais Hannibal l'aperçut à travers les vitres d'une fenêtre du premier étage. Il hésitait sur la conduite à tenir quand le gros saint-bernard déboula dans la cour.

« Brandy ! Veux-tu revenir ! »

La fille surgit à son tour tandis que le chien allait s'asseoir sur une corbeille de fleurs. « Espèce d'idiot ! s'écria sa maîtresse. Tu veux donc me faire expulser d'ici ? »

Hannibal poussa le portail de la barrière et fit mine d'examiner les boîtes aux lettres.

« Vous cherchez quelqu'un ? s'enquit aimablement la fille.

— Pas exactement, répondit Hannibal. Je me demandais si... si...

— Quoi donc ? fit-elle, intriguée par son hésitation.

— Si vous accepteriez de vous abonner à un journal que nous lançons.

— Désolée, mais c'est non. »

Hannibal, qui avait déjà tiré un calepin et un crayon de sa poche, prit un air affligé.

« Je n'ai pas de chance. Personne ne veut de notre journal.

— Les temps sont durs... Ce journal, vous le faites en classe, avec vos copains ?

— Oui. Nous aimerions gagner un peu d'argent de poche. Vous ne connaissez personne qui voudrait s'abonner ?

— De toute manière, il n'y a personne dans l'immeuble à cette heure de la journée. Les gens travaillent. »

Le chien quitta le massif de fleurs et vint réclamer une caresse. Hannibal, l'air profondément abattu, se laissa tomber sur l'un des sièges de jardin en bordure de la piscine.

« Vous avez l'air fatigué, remarqua la fille. Vous n'êtes pas malade, au moins ?

— Non, mais je meurs de soif. Pourriez-vous m'offrir un verre d'eau ? »

Elle se mit à rire.

« Bien sûr. Attendez-moi. Je reviens tout de suite ! »

Deux secondes après, elle était de retour, un verre d'eau à la main. Hannibal but avec avidité. La jeune fille s'assit près de lui.

« Vous devriez revenir plus tard, dit-elle. Quand les locataires seront rentrés.

— Oui, vous avez raison. Mais je pensais trouver du monde, même à cette heure-ci. Vous êtes bien là, vous! »

Personne, en l'écoutant, ne se serait douté qu'il amorçait un interrogatoire savamment dirigé.

« Je suis chez moi, d'accord, mais c'est exceptionnel.

— Vous travaillez, sans doute ?

— Oui. Mais pas en ce moment. »

Hannibal la regarda d'un air compatissant.

« Mon Dieu! Seriez-vous en chômage, par hasard ?

— Non, non! Je travaille dans le cinéma, et il y a des périodes creuses. Je m'occupe de maquillage. Quand on tourne un film, je n'arrête pas. Quand le tournage est terminé, je souffle en attendant le prochain.

— Je comprends. Le père d'un de mes amis travaille lui aussi dans le cinéma. Il s'occupe d'effets spéciaux.

— Comment s'appelle-t-il ? Je le connais peut-être.

— Crentch.

— Ce nom ne me dit rien. Nous n'avons pas dû nous rencontrer. Parfois, je rêve de me tourner, moi aussi, vers les effets spéciaux. Mais j'hésite à abandonner le maquillage. D'abord, parce que c'est intéressant et que je réussis bien. Ensuite parce que mon métier me laisse du temps libre pour suivre mes cours.

— Des cours de quoi ?

— Je prends des leçons de comédie et de tragédie... au cas où, un jour, j'aurais la chance de décrocher un rôle.

— Je suppose que tout le monde a envie de tourner ! déclara Hannibal. N'empêche que votre job actuel doit être passionnant. Parfois, le maquillage des acteurs est terrifiant. La semaine dernière, j'ai vu un film où un type avait volé une idole et s'était attiré la malédiction divine.

— Ha, ha ! fit la fille en riant. Et je suppose qu'à la pleine lune il se transformait en citrouille ou quelque chose comme ça !

— Presque ! Il se changeait en serpent tout en conservant une apparence humaine.

— Je vois. Ça s'intitulait *L'invasion des hommes cobras* ! C'est une production de quatre sous, mais elle n'est pas tellement mauvaise. Le maquilleur qui s'est chargé du visage de la vedette est un de mes amis. Il connaît son boulot et mérite de réussir.

— Vous est-il arrivé de faire des maquillages aussi poussés ? demanda Hannibal qui ne perdait pas de vue son but.

— J'ai vieilli pas mal d'acteurs, expliqua la jeune fille. Cela prend plus de temps qu'un maquillage ordinaire, mais ce n'est pas très difficile. Je n'ai jamais fait de monstre ou de loup-garou.

— C'est plus dur de faire des monstres ? Et

des cicatrices ? Rappelez-vous le film qui se passait dans un musée de cire et où le traître était tout balafré ?

— En y mettant le temps, vous arrivez à faire n'importe quoi, sauf pourtant à rajeunir les acteurs. Quand les gens sont réellement vieux, on peut gommer quelques rides, c'est tout. Voilà pourquoi tant d'acteurs et d'actrices se font faire des liftings et teignent leurs cheveux. »

Le verre d'Hannibal était presque vide. Il n'avait, du reste, demandé à boire que dans le dessein de s'asseoir un moment pour faire bavarder la fille. A présent, il estimait en avoir appris suffisamment. Il reposa le verre sur la petite table à côté de lui et se leva.

« Merci beaucoup, dit-il. Cette eau était très fraîche.

— En voulez-vous encore ?

— Non, merci. Je vais dire à M. Crentch que j'ai fait votre connaissance. Peut-être travaillerez-vous un jour pour la même société cinématographique ?

— M. Crentch ? Le père de votre ami ? Celui qui s'occupe d'effets spéciaux ? J'aimerais bien le rencontrer.

— De quel nom faut-il vous appeler ?

— Graziella Montoya. Mais tout le monde m'appelle Gracie.

— Je n'oublierai pas. Merci encore pour le verre d'eau. »

Satisfait de sa petite comédie, Hannibal entreprit de retourner au jardin d'enfants. Mais dès qu'il eut tourné le coin de la rue, une exclamation de dépit lui échappa : Hans et Peter étaient repartis avec la camionnette. Le chef des Détectives n'avait plus qu'à rallier Rocky par ses propres moyens.

« Flûte ! » dit-il tout haut.

Puis, résigné, il tourna bride pour aller prendre un bus. Chemin faisant, mille idées nouvelles se bousculaient dans sa tête.

Chapitre 10

Les terroristes

Assis à son bureau, dans la caravane-Q.G., Hannibal considérait ses deux lieutenants. C'était après le déjeuner. Il venait juste de rapporter à ses amis sa conversation avec Graziella Montoya.

« Supposons un instant, dit-il, que le mendiant aveugle soit une femme. »

Bob réfléchit, envisageant avec soin cette possibilité. Puis il secoua la tête.

« Non, déclara-t-il. Je ne crois pas.

— Mais n'y a-t-il pas une chance ? Graziella est experte dans l'art du maquillage et semble très liée avec M. Bonell. Qui sait si ce n'est pas elle, le lien entre le mendiant, les auteurs du hold-up et l'équipe de chez Denicola ?

— Elle ne peut être le mendiant, insista Bob. Celui-ci avait des moustaches. Je me tenais tout près de lui, à l'arrêt du bus, et je l'ai bien vu. Il y avait du poil sous son nez et sur ses joues aussi, comme s'il ne s'était pas rasé de deux jours. Crois-tu qu'un maquillage puisse atteindre ce degré de perfection?

— Hum! fit Hannibal, perplexe. N'empêche que cette fille peut avoir soutiré des informations à M. Bonell pour les passer ensuite aux voleurs. L'aveugle peut faire partie de la bande et la cicatrice...

— La cicatrice est fausse, coupa Bob.

— Vraiment? dit Hannibal, souriant. Tu as donc déniché quelque chose à la bibliothèque?

— Je pense bien! Ecoutez plutôt!»

Ouvrant une grande enveloppe qu'il tenait à la main, Bob en sortit des photocopies d'articles puisés dans différents livres et magazines.

«Mesa d'Oro, commença-t-il, est un intéressant petit pays. Ni très étendu, ni très peuplé, il a connu et connaît encore pas mal de troubles. Comme vous le devinez, il fut autrefois colonie espagnole. Puis, en 1815, les propriétaires terriens chassèrent le gouvernement espagnol et déclarèrent leur patrie Etat indépendant. Ils se donnèrent un président et un corps législatif.

— Tout ça est très joli, fit remarquer Peter, mais quel rapport avec l'aveugle et le hold-up de la banque?

— Peut-être aucun, quoique j'en serais étonné. Ecoute plutôt la suite... En 1872, il y eut une révolution. Pas mal de gens furent tués... et ça n'est pas près de finir.»

Hannibal et Peter sursautèrent.

«Quoi! s'écria le second. Une révolution

commencée en 1872 se continuerait de nos jours? Tu plaisantes!

— Oui et non, répondit Bob. La révolution de 1872 ressembla beaucoup à la révolution française ou à celle de 1917 en Russie. Les propriétaires terriens de Mesa d'Oro — ceux-là mêmes qui avaient chassé le gouverneur espagnol — se laissèrent gagner par la corruption. Ils s'enrichirent de la sueur du peuple sans rien lâcher en retour. La majorité des petites gens descendaient d'Indiens à qui la région avait appartenu à l'origine, mais les richards les traitèrent comme quantité négligeable. Finalement, un Indien du nom de Juan Corso se révolta et tenta de soulever les siens. Il se mit à parcourir le pays en prononçant des discours sur les droits de chacun. Les gros propriétaires ne trouvèrent pas son intervention de leur goût, s'emparèrent de lui et le jetèrent en prison.

— Et la révolution? demanda Hannibal.

— Elle commença avec l'emprisonnement de Corso. Celui-ci était devenu très populaire. Le peuple réagit avec violence et dévasta la capitale. Le président, un certain Arturo Rodriguez, fut pendu à un arbre. Son fils, Anastasio Rodriguez, dut battre en retraite après avoir tenté de combattre les insurgés. Il y eut beaucoup de sang versé. Bien entendu, Juan Corso avait été délivré dès le début. Le gouvernement changea plusieurs fois de mains mais, en fin de compte, Corso fut élu président. Rodriguez, lui, se réfugia à Mexico.

— Et ensuite?

— Eh bien, à ce stade, les troubles auraient dû cesser. Mais ce ne fut pas le cas. A Mexico, Rodriguez commença à se conduire comme un roi en exil. De leur côté, les propriétaires terriens de Mesa d'Oro rongeaient leur frein parce que, désormais, tout le monde avait le droit de vote et les riches étaient astreints à de lourdes taxes.

— Ils durent se sentir frustrés, dit Peter.

— Terriblement! assura Bob. Ils se mirent à parler du bon vieux temps, alors qu'Arturo Rodriguez était encore président, et se demandèrent si ce temps ne pouvait renaître avec le retour du fils de Rodriguez. Ils se donnèrent un nom : Soldats de la République. Puis ils prirent pour bannière le drapeau bleu décoré de feuilles de chêne dorées, qui avait été celui de la précédente république. Le nouveau gouvernement, avec, à sa tête, Juan Corso, avait adopté un drapeau vert, orné d'une otarie.»

Hannibal fronça les sourcils.

«Tous ces événements, fit-il remarquer, se sont déroulés voici plus de cent ans. Ne sont-ils pas étrangers au cas qui nous occupe? Ne me dis pas, Bob, que les gros propriétaires de Mesa d'Oro complotent toujours pour obtenir le retour du fils du vieux président. Anastasio Rodriguez doit être mort depuis belle lurette!

— Bien sûr! dit Bob. Mais aujourd'hui son petit-fils, Felipe Rodriguez, vit à Mexico. Il attend l'occasion de reprendre le pouvoir à

Mesa d'Oro. Ses espions lui font régulièrement des rapports sur sa patrie... qu'il n'a jamais vue!

— Incroyable! s'exclama Peter.

— Je sais, mais c'est pourtant vrai, assura Bob. D'après un journal très sérieux, les troubles de Mesa d'Oro s'apparentent à un conflit traditionnel. Un citoyen est de tel ou tel parti selon qu'il appartient à telle ou telle famille. Les descendants des anciens propriétaires terriens sont devenus automatiquement, comme leurs pères, des Soldats de la République. Ce n'est pas un parti hors la loi. Il est officiellement reconnu. Chaque dimanche, ses membres se réunissent pour exalter sa grandeur. De temps en temps, ils se débrouillent même pour élire un de leurs représentants au conseil législatif.

— Je ne vois toujours pas... bougonna Peter.

— Attends un peu! Si les choses en restaient là, personne ne s'en soucierait. Mais certains, à Mesa d'Oro, ne se contentent pas d'être de simples Soldats de la République. Un groupe d'extrémistes souhaite renverser le président actuel, par la force. Ils se baptisent Brigade de la Liberté et eux, en vérité, sont des hors-la-loi. De véritables terroristes. Ils fomentent des troubles, enlèvent des gens et lancent des bombes. Et quand la police les presse de trop près, alors, ils fuient leur pays... Certains d'entre eux se réfugient chez nous!»

Peter avala sa salive :

« Prétends-tu que les gens auxquels je me suis mêlé hier soir étaient des terroristes ?

— Peut-être que oui, peut-être que non. Il y a pas mal de ressortissants de Mesa d'Oro qui sont venus vivre aux Etats-Unis. Certains d'entre eux sont des partisans des Soldats de la République, parti légal et non violent. Ils rassemblent des fonds pour aider Rodriguez à Mexico, par exemple, ou essaient de faire élire des leurs au gouvernement de leur pays. Mais quelques-uns soutiennent la dangereuse Brigade de la Liberté.

— Nom d'un pétard ! s'exclama Peter.

— Voilà pour la partie historique ! dit Bob. Ce qui est vraiment intéressant, c'est que j'ai vu un aveugle devant la banque dévalisée et qu'il s'est enfui sans motif valable. Ensuite, qu'un garçon nommé Erny a paru effrayé quand la vieille Mme Denicola a raconté son rêve à propos d'un aveugle et d'un portefeuille. Enfin, que la nuit dernière Peter a vu la photo géante d'un homme balafré et porteur de lunettes noires, et que ce type-là semblait être un héros aux yeux des gens venus assister à ce curieux meeting. »

Bob fourragea parmi les documents qu'il avait apportés et en tira une photo qu'il montra à ses camarades : celle d'un homme au visage balafré et au regard caché par des verres noirs. L'individu se tenait debout devant un micro, un bras levé, et paraissait vociférer.

« Peter ! questionna Bob. Est-ce la photo que tu as vue hier ?

— Pas exactement la même photo, non, mais le même homme! J'en suis tout à fait sûr.

— Et c'est également l'homme que j'ai vu devant la banque, déclara Bob. Pourtant, écoutez bien! Il est impossible que j'aie jamais vu le personnage de la photo. Elle représente en effet Luis Pascal Dominguez de Altranto. Il fut, à une époque, le bras droit de Felipe Rodriguez, qui vit actuellement à Mexico. C'était un terroriste. A Mesa d'Oro même, il lança une bombe qui tua quatorze écoliers. Il clamait que la justice était de son côté et que le sang des innocentes victimes retomberait sur les chefs du gouvernement.

— Un fanatique, commenta Hannibal. Un dangereux fanatique. Mais pourquoi cet individu ne pourrait-il être l'aveugle que tu as vu près de la banque?

— Parce qu'Altranto est mort! révéla Bob. Et depuis pas mal d'années, encore!»

Personne ne parla d'un moment. Puis Peter soupira :

«Si Altranto est mort...

— Le mendiant ressemblait exactement à Altranto, n'est-ce pas, Bob? Y compris la balafre? Et la cécité? Au fait, Altranto était-il aveugle? demanda Hannibal.

— Oui. A la suite d'un incendie qu'il avait allumé lui-même dans un entrepôt de Mesa d'Oro. Mais son infirmité ne l'a pas empêché de continuer ses méfaits, au contraire, elle lui a permis d'être considéré comme une sorte de héros.

— Conclusion, le mendiant s'était déguisé

de manière à ressembler à Altranto. Cela n'exigeait guère qu'un bon maquillage et une paire de lunettes noires. Je me demande si Gracie Montoya n'est pas l'auteur du maquillage. Cependant... à quoi rimait ce déguisement ? Quel avantage pouvait-on en tirer ? Il n'y avait... »

Hannibal s'arrêta net, interrompu par la sonnerie du téléphone sur son bureau. Il décrocha :

« Allô ! Ah, c'est vous, monsieur Bonell... »

Le chef des Détectives écouta une minute ou deux, puis dit :

« Cela ne signifie pas grand-chose, à mon avis, mais je comprends que vous soyez ennuyé. Je vais venir vour voir, si vous voulez. J'aimerais vous faire part d'un nouvel élément dans notre enquête. »

Après avoir écouté la réponse de son correspondant, Hannibal déclara :

« Entendu ! Je serai là dans une demi-heure environ. »

Sur quoi, il raccrocha.

« M. Bonell, résuma-t-il, vient d'être interrogé de nouveau par la police au sujet du hold-up. Le pauvre diable en est bouleversé. Je ne crois pas que la police le soupçonne autant qu'il se l'imagine et je vais essayer de lui remonter le moral. J'en profiterai pour le questionner sur Gracie Montoya. Il faut savoir s'ils se connaissent bien ou non. Et puis... nous devons absolument surveiller cette fille. Je me demande si elle est en étroit contact avec le trio de chez Denicola : Erny et ses amis.»

Il dévisageait tour à tour ses deux lieutenants.

«Ne me regarde pas comme ça, protesta Peter. Ma mère est capable de tout si je ne tonds pas notre pelouse cet après-midi. Avec toute la pluie qui est tombée ces jours derniers, l'herbe m'arrive presque à la taille. Du reste, si cette fille me voit, elle est bien capable de me reconnaître.

— Bob? dit Hannibal.

— D'accord, mon vieux. Je me charge de surveiller notre suspecte. On n'a pas besoin de moi à la bibliothèque avant demain.

— Sois très prudent, mon petit Bob, recommanda Peter. Si ces gens-là manient aussi facilement la bombe, mieux vaut ne pas s'y frotter de trop près!»

Chapitre 11

L'attaque

Une demi-heure plus tard, Hannibal frappait à la porte de M. Bonell. Shelby Tuckerman lui ouvrit. Il portait un pull noir à col roulé et des lunettes de soleil.

« Ah ! dit-il. Voici notre super-limier. Espérons que vous trouverez quelques mots encourageants pour ce pauvre Walter. »

Hannibal ignora l'ironie dissimulée sous les paroles. Il suivit Shelby à la cuisine, propre et bien rangée. Walter Bonell était là, assis à la table pès de la fenêtre, en train de boire une tasse de café. Le chef des Détectives prit place en face de lui. Shelby offrit du café à Hannibal, qui refusa.

« Tiens, c'est vrai ! ricana Shelby. Dans ce pays, les mômes ne boivent pas de café.

— Nous avons des jus de fruits, se hâta de proposer M. Bonell.

— Non, merci. Je n'ai vraiment besoin de rien. Je sors pratiquement de table.

— Est-ce que les enfants ne se bourrent pas toujours de choses sucrées? continua Shelby de son même ton déplaisant. N'allez pas prétendre que vous êtes une exception. Il n'y a qu'à voir votre tour de taille. »

Hannibal grinça des dents. Il se savait grassouillet et supportait mal qu'on ironisât à ce sujet. Cependant, il fit de son mieux pour cacher son mécontentement à Shelby.

« Je suppose que vous vous mettez au régime... de temps en temps? » insista celui-ci.

Comme Hannibal persistait à ne pas répondre, l'homme se tourna vers le fourneau où la bouilloire commençait à chanter et se fit une tasse de café. Puis il vint s'asseoir entre M. Bonell et Hannibal. Otant le couvercle d'un sucrier qui se trouvait sur la table, il y puisa une cuillerée de sucre en poudre.

« Alors! questionna-t-il. Venez-vous annoncer à mon ami Bonell que votre enquête avance à grands pas?

— Pas exactement, déclara Hannibal. Nous avons une piste, mais il n'est pas prouvé qu'elle nous mène quelque part.

— Et si elle aboutit?

— Peut-être la communiquerons-nous à la police.

— Ce sera la sagesse même », approuva Shelby.

Ayant vidé sa tasse, il alla la rincer dans l'évier, puis sortit. Hannibal entendit un ronflement de moteur dans l'allée et, presque aussitôt, vit, par la fenêtre, Shelby qui s'éloignait au volant d'une voiture sport d'un modèle récent.

Il se tourna vers M. Bonell, dont l'air morose faisait peine à voir.

« Quand les policiers sont venus vous interroger, ils ne vous ont pas accusé, n'est-ce pas ?

— Non. Pas vraiment. Mais ils m'ont fait recommencer trois fois mon histoire. Trois fois le récit du hol-up ! Depuis le début jusqu'à la fin... Peut-être attendaient-ils que je me coupe. J'espère ne m'être trompé nulle part.

— Si vous avez juste rapporté la vérité, comment vous seriez-vous trompé ? fit remarquer Hannibal avec bon sens. Allons, monsieur Bonell, je crois que vous vous tracassez pour rien. Vous n'avez pas eu de chance en vous trouvant seul à la banque quand les bandits sont venus, mais ce n'est là qu'un accident malheureux. La police le comprend certainement. Le hold-up aurait eu lieu même si vous n'aviez pas été là. Le bon côté de la chose, c'est que les cambrioleurs n'aient pas usé de violence.

— Oui, c'est vrai, admit le gardien. Ils étaient très calmes et même polis. Du moins, le seul qui ait ouvert la bouche était poli. »

Hannibal dressa l'oreille.

« Un seul d'entre eux a parlé ? demanda-t-il.

— Oui. Celui qui était habillé comme Rolf, le chef de l'équipe de nettoiement.

— Vous voulez peut-être dire que c'est lui qui s'est montré le plus bavard. Il donnait les ordres et ses complices ne répondaient que quelques mots. C'est bien ça ?

— Non, non! Il a été le seul à parler. Les autres n'ont rien dit du tout.

— Vous avez passé toute une nuit avec trois personnes et vous affirmez que deux d'entre elles n'ont soufflé mot?

— C'est la vérité.

— Pas une syllabe?

— Pas une syllabe, affirma avec force M. Bonell. Maintenant que j'y pense, cela semble étrange, mais, sur le moment, le fait ne m'avait pas frappé. Peut-être ce silence me paraissait-il normal. Nous étions là, à attendre le matin et l'arrivée du personnel de la banque.

— Hum! grommela Hannibal. L'un de ces bandits aurait-il pu être une femme?

— Une femme? répéta M. Bonell en sursautant. Ma foi... ce ne serait pas impossible. Tous les trois étaient à peu près de la même taille. Moyens. Et ils portaient des survêtements qui dissimulaient leurs formes. Et des gants. Car ils portaient aussi des gants. Avec ça, ils étaient tellement maquillés qu'on ne pouvait deviner leurs traits sous la couche de peinture. L'un des bandits silencieux avait de ces lunettes de soleil qui reflètent tout, comme une glace, et dissimulent totalement le regard. Il était barbu. Mais sa barbe était fausse, j'en suis sûr. Son compagnon portait une perruque rousse et une énorme moustache. Et d'épais sourcils — postiches eux aussi — lui cachaient les yeux.

— Parlez-moi un peu de celui dont vous avez entendu la voix! demanda Hannibal.

Avez-vous remarqué son accent ? Etait-il jeune ? Vieux ? Le moindre détail peut être important.

— Sa voix n'était pas celle d'un homme âgé, mais plutôt celle d'un jeunot de vingt ou trente ans. Sans accent.

— Hum ! » fit de nouveau Hannibal. Il réfléchit un moment puis reprit : « Monsieur Bonell, connaissez-vous la société de pêche et location de bateaux Denicola ? Juste après Malibu ?

— Oui, je connais les Denicola, répondit M. Bonell. J'utilisais leurs services lorsque j'allais à la pêche avec mon fils, avant son mariage. Je me rappelle très bien la vieille Mme Denicola. Une charmante personne. Et aussi sa belle-fille, Eileen. Irlandaise. Jolie. Le mari d'Eileen est mort jeune. Elle lui a succédé après avoir obtenu sa licence. C'est elle qui pilote le gros bateau-charter.

— Il y a là-bas un employé du nom d'Ernesto, qu'on appelle plus familièrement Erny.

— Ah ? Quand j'allais chez les Denicola avec mon fils, ils avaient un aide du nom de Tom ou de Hal, je ne sais plus au juste. Cet Erny doit être un nouveau. Je suppose que le personnel change assez souvent. Les employés sont généralement des garçons très jeunes, qui font parallèlement des études.

— Vous n'avez pas été là-bas récemment ? demanda Hannibal.

— Non.

— Ainsi, vous ne connaissez pas Erny. Et l'aveugle ?

— L'aveugle ? répéta M. Bonell, visiblement surpris. Quel aveugle ?

— Vous n'avez pas aperçu quelqu'un, à proximité de la banque — ou autre part —, qui soit aveugle ? Un homme au visage balafré ? Il avance en tapant devant lui à l'aide d'une canne blanche, et porte des lunettes de couleur. »

Le gardien fit un signe de dénégation. Hannibal poursuivit :

« Ce matin, une jolie jeune fille blonde vous a parlé alors que vous regardiez des gens jouer aux cartes, sur la pelouse du Club. Qui est-elle ?

— Gracie Montoya, répondit aussitôt Bonell. Mais en quoi vous intéresse-t-elle ? Et comment savez-vous que nous avons bavardé ensemble ce matin ?

— Nous vous avons aperçus ! »

Le gardien regarda Hannibal d'un air méfiant.

« En quoi cela vous regarde-t-il ? grommela-t-il. Une aimable fille m'embrasse sur les deux joues et me parle gentiment. Qu'y a-t-il de si extraordinaire à cela ? Je peux être un vieux bonhomme, mais je ne suis quand même pas encore mort ?

— Ne vous fâchez pas, monsieur Bonell, dit Hannibal en souriant. Comprenez que nous devons tout vérifier. Connaissez-vous très bien cette fille ?

— Je lui ai parlé des dizaines de fois, répondit le gardien encore un peu sur la défensive. Elle passe constamment devant le Club avec son chien. Je crois qu'elle travaille dans le cinéma. Elle me sait seul, vieux et triste. Alors, elle me dit toujours un mot gentil quand elle me rencontre.

— Sait-elle que vous travaillez dans une banque ?

— Je l'ignore. Peut-être lui ai-je dit quel était mon métier. Mais elle n'a jamais cherché à me soutirer des confidences, si c'est cela que vous avez dans la tête. Elle se comporte amicalement à mon égard, c'est tout.

— Je vois ! soupira Hannibal. Et vos autres amis, monsieur Bonell ? Leur avez-vous parlé de votre emploi à la banque ?

— Oui, sans doute. Mais je ne vois personne qui ait paru s'intéresser à ce que je faisais.

— Parlez-moi de M. Tuckerman.

— Shelby ? Eh bien, disons qu'il ne s'intéresse qu'à lui-même. La plupart du temps, il voyage hors de la ville. Et quand il est à la maison, il ne s'occupe que de sa petite personne. Il mange à l'extérieur le plus souvent, et, le reste du temps, s'enferme dans sa chambre. A clé. Je ne plaisante pas. Je peux vous montrer les verrous.

— Inutile, dit Hannibal en se levant. Allons, monsieur Bonell, pas de découragement ! Il est normal que la police vous fasse répéter votre histoire. Elle espère que peut-être un détail vous reviendra à l'esprit. »

Walter Bonell ne répondit rien. Il ne semblait pas rasséréné le moins du monde. Lorsque Hannibal s'en alla, il demeura assis à sa table, le regard dans le vide.

Il était quatre heures et demie quand Hannibal rallia le *Paradis de la Brocante.* Au lieu d'entrer normalement par le portail, il fit halte devant la barrière de bois clôturant l'entrepôt. Cette barrière avait été peinte, en couleurs violentes, par un artiste de Rocky. A l'endroit où s'arrêta Hannibal, elle représentait un voilier sur le point d'être englouti par d'énormes vagues vertes. Un gros poisson, se soulevant hors de l'eau, contemplait le navire d'un œil rond. Le chef des Détectives appuya sur l'œil du poisson, faisant ainsi basculer deux planches qui dégagèrent un passage : c'était là une des entrées secrètes des jeunes limiers qui l'avaient baptisée la Porte Verte numéro un. Elle permettait de se faufiler dans la cour du bric-à-brac sans attirer l'attention de la tante Mathilda et de l'oncle Titus.

Poussant sa bicyclette devant lui, Hannibal gagna discrètement son atelier. Il aperçut le vélo de Peter, appuyé contre la presse à imprimer. Hannibal sourit.

Puis, son sourire se figea sur ses lèvres. Il venait de percevoir un léger bruit dans un coin de l'atelier : quelqu'un se cachait là.

Le jeune garçon tourna la tête.

Alors, il vit le mendiant aveugle. Le visage balafré était tourné vers lui. Cette fois, l'homme était strictement rasé et sans canne blanche.

Avec un frisson involontaire, Hannibal constata que la balafre, partant du coin de la bouche, étirait celle-ci en un rictus sinistre.

Hannibal, durant deux ou trois secondes, resta pétrifié. Le mendiant ne bougeait pas davantage. Puis le jeune garçon retrouva son souffle et le mendiant se déplaça un peu. Il levait toujours la tête dans une attitude de surprise, mais son vilain sourire était empreint de dédain. Il tenait quelque chose à la main... quelque chose sur quoi ses doigts se crispaient fortement.

L'homme se préparait à fuir en évitant Hannibal. Soudain, celui-ci fut saisi de l'envie de savoir — de savoir à tout prix — ce que tenait le mendiant. Rejetant de côté sa bicyclette, il se rua sur l'intrus et saisit à deux mains son poing fermé.

L'homme poussa un cri et tenta de se dégager, mais le jeune garçon tenait bon, s'efforçant de desserrer les doigts de son adversaire. Il y parvint. Quelque chose roula par terre.

Alors, le mendiant fit un saut de côté, puis attaqua. Il frappa, atteignant Hannibal sur la pommette. Le malheureux en vit trente-six chandelles. Puis il ressentit une violente douleur sous l'œil. Des couleurs bleues, rouges et jaunes lui troublèrent la vue. Il tomba.

Après une seconde d'inconscience, il eut le sentiment que le mendiant l'enjambait et prenait la fuite.

Il se retrouva seul.

Chapitre 12

Le microphone

Hannibal se mit sur son séant. La tête lui tournait un peu. Quand il y vit plus clair, son regard tomba sur l'objet que le mendiant avait lâché et qui avait roulé sous un banc. C'était une petite boîte de plastique, avec de minuscules perforations sur une de ses faces.

« Très intéressant ! » dit-il tout haut.

Comme en réponse à sa remarque, la grille à côté de la presse à imprimer se rabattit soudain, laissant passer la tête ébouriffée de Peter.

« Que diable fais-tu là ? demanda celui-ci. Il m'a semblé entendre crier.

— Nous avons eu un visiteur, expliqua Hannibal en rampant sous le banc pour ramasser la petite boîte. Et il a laissé un souvenir. A moins que je ne fasse erreur, ceci est un microphone miniature, du genre puce. Oui, mon vieux. Le mendiant aveugle était ici. Par parenthèse, il n'est pas plus aveugle que toi et moi. Je crois qu'il voulait fixer son micro ici pour nous espionner.

— Le mendiant? répéta Peter en prenant la boîte pour l'examiner. Pourquoi voudrait-il nous espionner? Et d'abord, comment nous a-t-il découverts?»

Peter regarda autour de lui comme si le mendiant balafré se cachait encore dans un coin.

«Tout ça me donne la chair de poule», ajouta-t-il en conclusion.

Hannibal se laissa tomber sur le siège le plus proche et, reprenant la boîte à son camarade, entreprit de l'ouvrir à l'aide d'un couteau.

«C'est bien ce que je pensais, dit-il. Un micro miniature! Ce truc-là capte les sons et les transmet à de courtes distances... disons cinq cents mètres environ. En général le micro-espion émet au bénéfice d'un appareil enregistreur dissimulé quelque part aux alentours. Une fois le dispositif en place, notre faux aveugle n'aurait eu aucune difficulté à capter tout ce que nous aurions pu dire dans l'atelier.

— Es-tu sûr que ce micro ne renseigne pas l'aveugle en ce moment même? demanda Peter. Il est peut-être en train d'écouter chaque mot qui sort de notre bouche.»

De la pointe du couteau, Hannibal ôta quelques-uns des éléments contenus dans la boîte.

«Là!» dit-il.

Il resta assis à méditer pendant une minute ou deux, puis regarda Peter.

« Depuis quand es-tu de retour ici? demanda-t-il.

— Eh bien... disons une dizaine de minutes.

— Es-tu entré par la Porte Verte numéro un?

— Oui. »

Le visage d'Hannibal s'allongea.

« Je pense, soupira-t-il, que le mendiant a dû te suivre jusque-là.

— Impossible! protesta Peter. Absolument impossible! »

Hannibal balaya la protestation du geste.

« Peut-être, continua-t-il, t'a-t-il repéré lors du meeting et pisté jusqu'à Rocky. Ou encore, il nous a remarqués tous les deux hier, chez Denicola. Ou même tous les trois la veille, quand nous sommes allés voir M. Bonell. D'une manière ou d'une autre, nous avons dû croiser sa route au cours des trois derniers jours et il nous a suivis. Et aujourd'hui, je crois qu'il t'a vu entrer ici. Je me demande s'il n'a pas eu le temps de planquer un autre micro avant que je le surprenne. »

De nouveau, Peter regarda autour de lui, comme s'il s'attendait à voir surgir leur ennemi. Puis, lui et Hannibal commencèrent à fouiller à fond l'atelier. Mais ils ne trouvèrent pas trace d'un second micro. Apparemment, rien n'avait été dérangé.

Peter se sentait étrangement troublé.

« Je suis venu directement de chez moi ici, expliqua-t-il. S'il m'a suivi, c'est donc qu'il surveillait mon domicile.

— Pas forcément! déclara Hannibal. Il était peut-être embusqué près d'ici, à attendre une occasion de se faufiler dans l'entrepôt. »

Là-dessus, il alla chercher des clous et un marteau et entreprit de condamner la Porte Verte. Bob arriva sur ces entrefaites. Informé des derniers événements, il suivit ses camarades dans la caravane-Q.G. où tous trois s'installèrent pour délibérer. Bob parla le premier, faisant un rapport strict de sa filature de Gracie Montoya.

« Cela n'a été intéressant qu'au début, déclara-t-il. Un garçon du nom d'Erny est venu voir Gracie. Il était tel que vous me l'aviez décrit. C'est donc bien l'Ernesto de chez les Denicola. Il a appuyé sur le bouton d'appel de la porte, mais Gracie ne l'a pas invité à monter. Au contraire, c'est elle qui est descendue. Ils sont restés un moment près de la piscine, à se disputer en espagnol.

— Et tu ne comprends pas plus l'espagnol que moi! fit remarquer Peter.

— Hélas! A dire vrai, c'est surtout Gracie qui criait. J'ai eu l'impression qu'Erny essayait de lui expliquer quelque chose, mais qu'elle ne voulait rien entendre. Au bout du compte, il s'est mis en colère à son tour et a crié aussi fort qu'elle. Une locataire de l'immeuble, dérangée par le bruit, a menacé d'appeler la police. Alors, le garçon est parti et Gracie Montoya est remontée chez elle. Je l'ai vue ressortir peu après, son sac à main en bandoulière. Elle a pris sa voiture et, bien entendu, ce n'est pas avec mon vélo que j'aurais pu la suivre. J'ai attendu une demi-heure environ et puis, comme elle ne revenait pas, je suis parti à mon tour.

— Hum! fit Hannibal. Je me demande ce que tout cela signifie. Voyons! Tâchons de faire le point!»

Il se pencha en avant, s'efforçant de se concentrer.

«Nous pouvons considérer que le mendiant est à coup sûr mêlé à cette étrange affaire. Par ailleurs, le portefeuille perdu nous permet de le relier à Erny et à ses deux copains. Gracie Montoya, de son côté, est en relation avec ce groupe et également avec M. Bonell. Chose intéressante, cette fille est une artiste en maquillage. Est-il possible qu'elle soit responsable de la transformation de quelqu'un en ce terroriste, aujourd'hui mort, que fut Altranto? N'aurait-elle pu se déguiser elle-même et prendre une part active au hold-up de la banque? Ce n'est pas impensable, si nous en jugeons d'après la description des bandits faite par M. Bonell. Autre point à souligner : toujours d'après M. Bonell, seul le chef des bandits aurait parlé en sa présence : les deux autres n'ont pas ouvert la bouche.

— Et si l'un de ceux-ci était Gracie Montoya, enchaîna Peter, il est normal qu'elle n'ait pas dit un mot : sa voix l'aurait trahie.

— Il est donc possible que l'un des bandits ait été une femme, continua Hannibal. Possible aussi que deux d'entre eux aient ignoré l'anglais, ou craint que leur accent ne révèle une origine étrangère. Peut-être étaient-ils natifs de Mesa d'Oro.

— Qui sait si ce ne sont pas les deux copains d'Ernie? avança Peter. J'ignore quelle est leur nationalité, mais ils parlent l'espagnol comme si c'était leur langue maternelle. Il est bien possible qu'ils ne sachent pas un mot d'anglais.

— Erny, lui, parle couramment les deux langues! rappela Hannibal. Ecoutez, vous autres! Il est grand temps que nous en apprenions un peu plus long au sujet d'Erny et de ses amis. Bob! Tu es le seul d'entre nous que personne ne connaisse chez Denicola. Va donc flâner du côté de la jetée. Il y a toujours du monde à tournicoter autour pour regarder les bateaux. Erny nous a déjà vus, Peter et moi. Nous ne pouvons pas risquer d'être reconnus.

— Sûr! approuva Bob.

— Pendant que tu seras là-bas, poursuivit Hannibal, je me charge de rendre visite à Gracie Montoya et de voir ce que je peux dénicher en ce qui la concerne. Quant à toi, Peter, le mieux est que tu restes au quartier général. Notre faux aveugle est passé à l'action aujourd'hui. J'ai idée que nous le reverrons d'ici peu et, dans ce cas, nous pouvons avoir besoin de prendre contact les uns avec les autres. Tu seras l'homme de liaison.

— Autrement dit, tu me charges de surveiller le téléphone, traduisit Peter. D'accord! Bien content, même! Mais si le faux aveugle se pointe par ici, tu peux être sûr que j'userai du bigophone pour appeler les flics!

— Et tu auras raison! conclut Hannibal joyeusement. Bien entendu, ajouta-t-il avec plus de gravité, inutile de préciser que nous devons nous montrer très prudents tous les trois. Le mendiant sait où nous sommes et il peut apprendre — ou deviner — ce que nous faisons. Cette fois-ci, nous l'avons mis en fuite. Mais, la prochaine fois, il n'est pas certain qu'il se laisse effrayer aussi aisément. Cet homme représente une menace... un danger capable de se concrétiser à n'importe quel moment!»

Chapitre 13

Un rêve prémonitoire

« Voilà une besogne agréable ! » lança Bob, debout sur la jetée des Denicola.

En ce vendredi matin, la marée était basse. Bob regardait, au-dessous de lui, le pont de la *Maria III,* où Erny s'activait à peindre l'extérieur de la timonerie.

Bob attendit une réponse qui ne vint pas. Erny ne leva même pas les yeux.

« Nous avons fait repeindre notre maison l'été dernier, reprit Bob. Les peintres m'ont permis de leur donner un coup de main. J'ai fait les cadres des fenêtres. »

Erny interrompit sa tâche pour jeter un coup d'œil au jeune garçon. Puis il considéra le pinceau qu'il tenait. Enfin, s'écartant de la timonerie, il tendit l'outil à Bob.

Rayonnant, Bob sauta de la jetée sur le pont du bateau, se saisit du pinceau et se mit à le promener sur le bois, avec zèle et efficacité. Erny surveillait l'opération d'un air amusé.

Après avoir travaillé un moment en silence, Bob recommença à bavarder.

« Ce doit être rudement chouette de s'occuper d'un bateau, il me semble? »

Erny émit un vague grognement.

« J'ai fait une promenade en mer une fois, confia Bob. L'oncle d'un copain m'avait invité. La balade a été super jusqu'au moment où la houle nous a secoués. J'ai été malade, malade... »

Bob accompagnait ses confidences d'une mimique si drôle qu'Erny se dérida enfin.

« Ah! dit-il en riant. Il y a comme ça des gens qui n'ont pas le pied marin. Moi, je ne suis jamais malade! »

Il parlait sans la moindre trace d'accent. Bob feignit de l'admirer et la conversation se poursuivit amicalement. Malheureusement, avant que le jeune détective ait pu apprendre quelque chose d'utile, deux garçons du même âge qu'Erny arrivèrent sur la jetée et s'adressèrent à celui-ci en espagnol. Erny répondit en désignant Bob, puis sauta sur la jetée et s'éloigna avec ses amis.

Quand tous trois furent hors de portée d'oreille, ils se lancèrent dans une grande discussion. Ils gesticulaient. L'un des nouveaux arrivants désigna un point de la côte, Erny haussa les épaules. L'autre garçon serra les poings et cria. Puis le premier mit sa montre sous le nez d'Erny et lui tint un long discours.

Finalement, Erny fit demi-tour et ses camarades, quittant la jetée, longèrent la plage jusqu'à la bicoque dont la façade donnait sur la grand-route et le derrière sur l'océan. Ils disparurent à l'intérieur. Bob, logiquement, en conclut que les deux garçons devaient être les compagnons de chambre d'Erny.

Celui-ci, revenu à bord de la *Maria III,* jeta un regard appréciateur sur le travail de Bob.

« Comme vous parlez bien l'espagnol ! s'exclama Bob. Et vos amis aussi.

— C'est ma seconde langue, expliqua Erny. Mes copains viennent d'Amérique du Sud. Comme ils parlent mal l'anglais, nous conversons en espagnol. »

Soudain, Bob s'aperçut que la vieille Mme Denicola était debout, sur le seuil du bureau, et regardait dans leur direction. Bien qu'il fût assez loin d'elle, il distinguait nettement ses traits, contractés par une curieuse angoisse. Feignant de ne rien voir, il continua de promener son pinceau sur le bois de la cabine de pilotage.

La vieille dame rentra enfin dans le bureau. Eileen, sa belle-fille, en sortit peu après et se dirigea vers la jetée. Elle portait des jeans fanés et une chemisette bleu ciel que complétait un foulard noué autour de son cou. Elle semblait à la fois résolue et irritée.

« C'est vous, dit-elle à Erny, qui êtes chargé de repeindre le bateau ! Personne d'autre ! »

Elle n'élevait pas la voix mais s'exprimait d'un ton sévère. Le jeune homme haussa les épaules.

« Ce garçon m'a proposé son aide. Il adore manier un pinceau.

— C'est moi qui le lui ai demandé, madame, déclara Bob. J'aime bien peindre.

— Peut-être, mais notre employé fera le reste. Ma belle-mère désire vous voir.

— Moi ? fit Bob en ouvrant de grands yeux.

— Oui. Elle est là-bas, dans notre bureau, et vous attend. J'ignore de quoi il s'agit, mais elle m'a envoyée vous chercher. Rendez ce pinceau à Erny et suivez-moi. »

Bob tendit le pinceau au jeune homme.

« Erny ! dit encore Eileen, que le bateau soit prêt à sortir sitôt après le déjeuner. Vous irez faire le plein. Demain, nous n'aurons pas le temps. N'oubliez pas que nous aurons quarante-trois clients à charger dès sept heures du matin.

— Oui, madame ! » répondit Erny en se remettant à peindre avec zèle.

Bob sourit. De toute évidence, la jeune femme savait se faire obéir. Il lui emboîta le pas.

La vieille Mme Denicola, les apercevant par la fenêtre de son bureau, vint à leur rencontre.

« Nous serons mieux chez moi, déclara-t-elle en désignant la maison qui, à quelque distance de là, faisait pendant à l'agence. Suivez-moi, mon garçon ! »

Bob la suivit donc, en se demandant ce qu'elle pouvait bien avoir à lui dire. Elle l'introduisit dans une salle de séjour à l'ancienne mode et lui désigna un siège.

« Asseyez-vous ! »

Elle-même prit place en face de lui et, les mains croisées sur sa jupe noire, considéra son visiteur avec des yeux si perçants qu'il en éprouva une étrange gêne.

« Je vous ai déjà vu... commença-t-elle.

— Je... je ne crois pas, murmura Bob.

— Vous l'ignorez, mais je vous ai vu, insista Mme Denicola. En rêve. Et voilà que je vous vois à nouveau par là. » Elle agitait la main vers la fenêtre, à travers laquelle on pouvait apercevoir la *Maria III*. « Je pense que vous ne devriez pas vous promener par ici. »

Elle parut attendre une réponse. Bob ouvrit la bouche, mais fut incapable de prononcer le moindre mot. Il ferma la bouche, respira profondément et finit par bredouiller :

« C'est juste que... que j'aidais à repeindre le bateau. C'est la première fois que je viens par ici et... »

Il s'arrêta, très intimidé et comme paralysé. Il ne voulait pas contrarier la vieille dame, ni lui déplaire, mais l'étrange pouvoir qu'il devinait en elle l'épouvantait presque. Elle lui rappelait les pythonisses de l'Antiquité, ces femmes qui prédisaient l'avenir.

L'atmosphère de la petite maison était étouffante et, cependant, Bob se sentait glacé.

Mme Denicola se pencha vers lui, ses mains toujours croisées sur sa jupe noire. Son visage, buriné de rides, était souligné d'ombres profondes. Elle faisait l'effet d'un spectre.

« Vous ne devriez pas vous promener par

ici, répéta-t-elle. Vous êtes venu avec une intention précise. Laquelle ?»

Bob, confondu, dut lutter de nouveau pour trouver en lui un filet de voix :

«Je... je suis venu... sans but déterminé, bégaya-t-il. Pour... pour passer le temps.»

Il se hâta de détourner son regard, certain que la vieille dame pouvait lire dans ses yeux qu'il mentait.

«Vous êtes en danger! reprit-elle. Il faut partir. Partez sur-le-champ et ne revenez pas. Si vous restiez, cela provoquerait de graves ennuis. Une chose terrible arriverait. Dans mon rêve, vous étiez dans un endroit qui bougeait et tremblait. On entendait un bruit sourd. Vous tombiez et, autour de vous, tout s'écroulait, cependant que le sol s'entrouvrait.»

Bob la regarda, effrayé pour de bon. Ses mains se crispaient. Il fit un gros effort pour se reprendre.

Eileen Denicola avait confié à Hannibal que sa belle-mère faisait parfois des rêves prémonitoires. Et la vieille dame, de son côté, avait raconté au chef des Détectives qu'elle avait vu, en songe, un aveugle ramasser un portefeuille. Et voilà qu'une nouvelle vision lui montrait le sol en train de s'ouvrir et Bob tombant. Qu'est-ce que cela pouvait signifier ?

Mais un tremblement de terre, bien sûr! Elle avait rêvé d'un tremblement de terre! Mais alors, à quoi bon mettre Bob au courant ? Il ne pouvait échapper au séisme en quittant le territoire des Denicola si son destin était scellé d'avance!

La prophétesse soupira.

« Vous me croyez folle, peut-être, dit-elle tristement. Je n'aurais sans doute pas dû vous confier mon rêve. Vous le raconterez sûrement à d'autres garçons qui se moqueront de moi et me traiteront de vieille sorcière. Mais je sais, moi, que j'ai vu la réalité. Tout s'effondrait autour de vous et moi... j'étais là aussi! »

La porte d'entrée s'ouvrit soudain et une bouffée d'air frais pénétra dans la maison. Eileen Denicola fit son apparition. Elle considéra sa belle-mère et Bob d'un air à la fois amusé et ennuyé.

« De quoi parlez-vous? demanda-t-elle avec, dans la voix, une jovialité de commande. Il ne s'agit pas d'un nouveau rêve prémonitoire, j'espère?

— Et pourquoi pas? » répliqua sa belle-mère. Elle se pencha vers Bob et lui tapota le genou. « Je suis persuadée que voici un gentil garçon, travailleur et avisé. Je lui conseillais de s'éloigner... en espérant qu'il écoutera l'avis de ceux qui lui veulent du bien. »

Elle se redressa et, s'adressant à sa belle-fille :

« Et maintenant, il faut que je me dépêche. Notre invitée doit arriver au milieu de l'après-midi et il y a beaucoup à faire. »

Elle sortit sans même regarder Bob.

« Tout va bien? demanda Eileen au jeune garçon.

— Très bien, merci!» répondit-il d'une voix faible.

Il prit congé en toute hâte. Son départ ressemblait à une fuite. Bob était mort de peur.

Chapitre 14

Erny discute affaires

Une fois hors de la maison, Bob ralentit l'allure. Les deux jeunes gens qui partageaient le logis d'Erny étaient en train de revenir vers la jetée. Erny lui-même continuait ses travaux de peinture à bord de la *Maria III.* Les lieux étaient semblables à ce qu'ils étaient vingt minutes plus tôt, et pourtant, tout avait changé !

Danger ! Mme Denicola avait parlé de danger.

A cent mètres de la grand-route s'alignaient quelques boutiques. Bob aperçut un petit marché, une laverie, et aussi une cabine téléphonique qui lui parut providentielle. Il s'y précipita pour appeler le Q.G. des Détectives.

Peter répondit immédiatement. A peine eut-il reconnu la voix de Bob qu'il s'enquit :

« Alors ? Tout va bien ?

— Pour l'instant, oui. Mais la vieille

Mme Denicola m'a raconté qu'elle avait rêvé de moi. Tu te rappelles que sa belle-fille nous avait parlé de ses rêves prémonitoires ? Eh bien, dans ce rêve-ci, elle me voyait en danger... dans un endroit où tout basculait et s'effondrait. Quelque chose comme un tremblement de terre. Elle m'a déclaré que je devais partir d'ici. Effrayant, pas vrai ? »

Un silence lui répondit. Enfin, Peter réagit :

« Oh ! là ! là ! mon vieux ! Si la vieille dame a vraiment des rêves prémonitoires, tu ferais peut-être bien de filer. Veux-tu que j'aille te relayer ?

— Bah ! Il s'agit seulement d'un rêve ! répliqua Bob avec plus de désinvolture qu'il n'en ressentait.

— Bon. D'accord. Mais sois prudent.

— Promis. Je ne veux pas partir maintenant. Quelque chose se prépare, j'en suis certain. Tu sais, les deux copains d'Erny ? Ils sont venus rôder sur la jetée et ont tenu de grands discours en espagnol. Tous trois paraissaient drôlement excités. Comme dans l'attente d'un événement quelconque. »

A cet instant, une voiture tout terrain surgit sur la route et, sans se presser, tourna pour se ranger dans le parking des Denicola. Un homme de haute taille, en vêtements de travail kaki, en descendit et se dirigea vers la jetée.

« Reste près du téléphone, dit Bob hâtivement. Je te rappellerai bientôt ! »

Bob raccrocha, sortit de la cabine et prit lui

aussi le chemin de la jetée, en ayant bien soin de se dissimuler derrière les véhicules de toute sorte qui encombraient le secteur.

L'homme en kaki avait déjà rejoint Erny et ses amis près de la *Maria III*. Quand Bob arriva à leur hauteur, Erny parlait au nouveau venu. Il semblait fort en colère et faisait de grands gestes.

Bob se rapprocha silencieusement du petit groupe en se faufilant derrière une camionnette en stationnement. De là, toujours sans être remarqué, il bondit sur la plage, puis sous la jetée. Dépassant sa bicyclette, toujours accotée contre le pilier où il l'avait enchaînée, il gagna enfin l'extrême bord de l'eau.

Là, il s'arrêta pour écouter. La voix des quatre hommes lui parvenait bien, mais il était encore trop loin pour comprendre ce qu'ils disaient. Et le bruit de la mer le gênait.

Bob se consola en supposant que la conversation avait lieu en espagnol. Soudain, il y eut un piétinement au-dessus de lui, sur la jetée. Les hommes se promenaient tout en parlant. Ils se rapprochèrent, s'éloignèrent, mais Bob se mit à les suivre, se déplaçant sans bruit sur le sable et écoutant les paroles qui s'échangeaient au-dessus de sa tête. Par chance, ils parlaient en anglais.

« D'accord, Strauss ! » disait la voix d'Erny. Il s'arrêta et les autres l'imitèrent. « D'accord ! Je comprends que vous ne vouliez rien livrer avant d'avoir vu la couleur de notre argent. Mais comprenez à votre tour que nous avons besoin de voir la marchandise! Nous devons nous assurer qu'elle est de bonne qualité.

— Pour ça, je vous le garantis!» dit une seconde voix.

Ce devait être Strauss. Il parlait sans accent, sur un ton d'homme d'affaires.

«Mais, poursuivit-il, ce n'est pas vous, garçons, qui êtes habilités pour traiter avec moi. Je me demande même pourquoi je perds mon temps à vous parler. C'est Alejandro que je désire voir!

— Je parle en son nom, assura Erny. Si vous insistez, je peux m'arranger pour vous verser un acompte.

— J'insiste, en effet.

— Un quart de la somme totale, précisa Erny. Nous tenons le reste prêt et vous le verserons sitôt après la livraison... si celle-ci est bien conforme à la commande.

— Je veux la moitié d'avance, déclara Strauss. L'autre moitié à la livraison. Sans ce premier versement, vous n'aurez rien. Comprenez-moi! Je n'ai pas besoin de vous. Je ne manque pas de débouchés pour ma marchandise.»

Il y eut un silence, puis la voix d'Erny s'éleva de nouveau.

«Très bien. Vous aurez la moitié d'avance. Mais le reste ne vous sera versé qu'après la livraison. Retournez à Pacific States et attendez là-bas. Je vous ferai signe dès que j'aurai l'argent.

— Pourquoi n'attendrais-je pas ici?

demanda Strauss. Je n'aime guère ces allées et venues.

— Possible, mais il faudra un certain temps pour réunir la somme. Par ailleurs, ma patronne — celle qui est dans le bureau, là-bas, et me surveille par la fenêtre de temps en temps — commence à trouver que je néglige un peu trop mon travail en bavardant avec les visiteurs. Aussi, ce que vous avez de mieux à faire, c'est de retourner là-bas et d'attendre mon coup de fil. »

Un nouveau silence tomba. Bob supposa que Strauss regardait du côté du bureau. Il était certain qu'Eileen Denicola s'y tenait aux aguets.

« Bon ! grommela finalement l'homme. D'accord, je patienterai à Pacific States, mais ne me faites pas trop languir. Rappelez-vous : vous avez plus besoin de moi que moi de vous ! »

Strauss s'éloigna. Erny dit quelque chose en espagnol à ses comparses. Cela ne sonnait pas comme une gracieuseté et les deux jeunes gens y répondirent par un murmure coléreux. Presque aussitôt, des pas légers claquèrent sur la jetée. Bob entendit une voix féminine lourde d'ennui :

« Qui était ce nouveau visiteur ? demanda Eileen Denicola.

— Un type qui pourrait bien devenir un client, répondit Erny. Il a aperçu la *Maria III* depuis la route et voulait savoir si le bateau tenait bien la mer.

— La prochaine fois que quelqu'un vous interrogera au sujet du bateau, vous me l'enverrez.

— Oui, madame.

— Maintenant, vous pouvez aller déjeuner! Mais soyez de retour à treize heures sans faute pour vous occuper du plein. Et laissez vos camarades à la maison. Compris?

— Oui, madame», répéta Erny plein de soumission.

Les trois jeunes gens s'éloignèrent et Eileen Denicola regagna son bureau. Bob attendit un moment à l'ombre de la jetée. Quand Erny et ses amis eurent disparu dans leur bicoque, il reprit le chemin de la cabine téléphonique. Il voulait découvrir à quoi correspondait ce nom, inconnu de lui, «Pacific States». Les «Etats du Pacifique»! Cela ne lui disait rien du tout.

Bob feuilleta l'annuaire de la cabine téléphonique mais n'y trouva aucune ville répondant à l'appellation de Pacific States. En revanche, il dénicha, à la lettre P, une société d'import-export correspondant à cette raison sociale et domiciliée à Oxnard, rue Albert. Bob appela le numéro de la firme et demanda à parler à M. Strauss.

«Il est absent pour l'instant! répondit son correspondant. Puis-je noter un message à son intention?

— Inutile, dit Bob. Je rappellerai.»

Et il raccrocha. Il s'apprêtait à téléphoner à Peter quand il aperçut la silhouette familière d'un homme qui sortait du petit marché et se dirigeait vers le parking. Bob quitta en hâte la cabine et s'avança à la rencontre de l'homme, tout en feignant de ne pas le voir.

« Salut, Bob! dit l'homme. Que fais-tu par ici?

— Tiens! Monsieur Soames!» C'était le voisin le plus proche de Bob, à Rocky. « Eh bien, j'étais venu voir si les conditions de pêche étaient bonnes dans le coin, expliqua le jeune détective. Papa et moi songeons à pêcher ce week-end.»

M. Soames jeta un coup d'œil autour de lui. « Tu es venu à vélo?

— Non, répondit Bob, qui savait mentir habilement quand les circonstances l'exigeaient. Un copain m'a déposé, au passage. A propos, remontez-vous vers le nord?

— Ma foi, oui. Je vais voir ma sœur, à Carpinteria.

— Je m'en doutais un peu. Vous ne restez jamais longtemps sans lui rendre visite. Alors... puis-je vous demander de m'emmener avec vous jusqu'à Oxnard?

— Bien sûr, mon garçon, mais l'ennui c'est que je ne rentre pas à Rocky aujourd'hui. Comment feras-tu pour retourner chez toi?

— Je trouverai bien un bus! Et merci de me rendre ce service!»

Bob se glissa à côté de M. Soames qui venait de s'installer au volant de sa petite voiture. Il se félicitait tout bas de son stratagème. Hannibal n'aurait pas fait mieux. Il s'économisait un long parcours à bicyclette sur la grand-route et peut-être, avant la fin de la journée, saurait-il quelle sorte de marchandise Erny et ses copains se proposaient d'acquérir... et combien ils entendaient la payer!

Chapitre 15

Bob a des ennuis

Hannibal était assis au bord du trottoir. Juste en face de lui, de l'autre côté de la rue, se dressait l'immeuble où logeait Gracie Montoya. Le chef des Détectives ne se sentait pas d'humeur folâtre. Ce matin-là, vers neuf heures, il avait sonné à la porte de la jeune fille et tâché d'intéresser celle-ci à son prétendu journal scolaire. En vain! Non seulement elle avait de nouveau refusé de s'abonner, mais elle s'était montrée moins bavarde que la fois précédente.

Depuis, ayant battu en retraite, Hannibal la surveillait de loin, autant que faire se pouvait. Il l'avait discrètement filée jusqu'à une laverie et non moins discrètement raccompagnée chez elle. A présent, installée au bord de la piscine, Gracie était en train de se vernir les ongles. Hannibal décida de tenter une nouvelle approche. Il prétexterait la perte de son carnet d'abonnements.

Il se leva et traversa la rue. Mais quand il atteignit le trottoir, la jeune fille s'entretenait, par l'intermédiaire d'un téléphone portatif, avec une correspondante invisible qu'elle appelait Marilyn.

« La distribution n'est pas fameuse, disait-elle, mais la mise en scène vaut, paraît-il, le déplacement. Quand le vaisseau spatial décolle, par exemple, on sent presque son fauteuil bouger. Le film commence à deux heures, je me suis renseignée. Si tu veux, nous mangerons un morceau ensemble avant de partir. »

Hannibal fit demi-tour. Gracie Montoya se disposait à aller au cinéma. S'il la suivait, il ne risquait pas d'apprendre grand-chose en restant assis tout un après-midi dans une salle obscure.

Il se demanda si Bob obtenait de son côté de meilleurs résultats chez les Denicola et si ses amis et lui réussiraient à aider le pauvre M. Bonell. Erny et ses copains étaient-ils vraiment les auteurs du hold-up? Et, dans ce cas, comment les Trois détectives parviendraient-ils à en fournir la preuve?

Soudain, le gros garçon se rappela quelque chose qui l'avait frappé en regardant une émission télévisée. Il prit sa bicyclette et se hâta de rallier le *Paradis de la Brocante*.

Peter se trouvait à son poste, au Q.G., feuilletant un illustré d'un air de suprême ennui.

« Rudement content de te voir, dit-il. Ce

n'est pas drôle d'être de garde ici. Bob a appelé.

— Ah! fit Hannibal. Et qu'a-t-il dit?

— Il croit que quelque chose se prépare du côté des Denicola. Erny et ses copains ont tenu une sorte de conseil. Ils semblent tout excités, comme dans l'attente d'un événement. Par ailleurs, la vieille Mme Denicola a eu un rêve au sujet de Bob. Il serait en danger. Elle lui a conseillé de filer au plus vite. »

L'intérêt d'Hannibal se réveilla. Il ne se souciait pas tellement des rêves de Mme Denicola, mais infiniment plus d'Erny.

« Il y a combien de temps que Bob a appelé? demanda-t-il.

— Une demi-heure environ. Peut-être un peu plus. Je lui ai proposé d'aller le relayer là-bas, mais il a préféré rester.

— Bon. Ecoute-moi. Je vais me rendre à mon tour chez les Denicola. J'ai l'intention de photographier discrètement nos trois suspects. Je reproduirai ensuite les photos à plusieurs exemplaires et les retoucherai à l'aide d'un stylo feutre. J'ajouterai moustaches et perruques... et je ferai voir les épreuves à M. Bonell. Peut-être reconnaîtra-t-il les bandits. »

Hannibal prit son appareil photographique, déjà chargé.

« Ne quitte pas le téléphone, recommanda-t-il à Peter. Je t'appellerai dès que j'aurai vu Bob. »

Une demi-heure plus tard, Hannibal, discrètement arrêté en vue de la jetée des Denicola, observait les environs. La *Maria III* n'était plus là. Le bureau vitré, près du quai, semblait désert. Erny et Eileen restaient invisibles.

Hannibal haussa les épaules et, poussant sa bicyclette, descendit jusqu'à la plage pour l'attacher sous la jetée. Là, il aperçut le vélo de Bob. Il mit le sien à côté, puis regarda de nouveau autour de lui. Sur la plage, il vit des pêcheurs, des enfants qui jouaient avec un chien, mais pas de trace de Bob. Son appareil photo en bandoulière, il se risqua jusqu'au parking des Denicola. Personne. Son regard tomba sur la maison vétuste de la vieille Mme Denicola. Hardiment, il alla sonner à la porte.

Ce fut la vieille dame elle-même qui lui ouvrit. Elle le regarda de ses yeux perçants.

« Madame, s'il vous plaît, demanda poliment Hannibal. Avez-vous vu mon ami ?

— Votre ami ?

— Il était ici ce matin et vous lui avez parlé. Il paraît que vous aviez fait un rêve à son sujet.

— Ah ! oui, dit Mme Denicola. Ainsi ce jeune garçon — le petit, mince, avec des lunettes — est un de vos amis ? J'en avais comme une vague impression, en effet. »

Elle fixa sur Hannibal un regard qui se voulait sévère, mais le chef des Détectives fut certain que ce n'était qu'une attitude.

« Avez-vous revu mon ami depuis ce matin ? insista-t-il. Sa bicyclette est sous la jetée, mais lui a disparu. Serait-il parti à bord de votre bateau? Votre belle-fille l'aurait-elle emmené?»

La vieille dame secoua la tête.

«Erny et Eileen sont partis seuls avec la *Maria III*, assura-t-elle. Il n'y avait personne d'autre à bord. Je les ai vus.

— Je me demande où Bob a pu filer! murmura Hannibal, comme pour lui-même.

— Je n'en sais rien, déclara Mme Denicola en ouvrant plus largement sa porte. Mais je crois qu'il se prépare du vilain. Je l'ai rêvé et j'ai peur. Vous feriez bien de tout me dire, à votre sujet et à celui de votre ami. Entrez!»

Sa voix sonnait, impérative et lugubre. Pour la première fois, Hannibal envisagea que Bob, en effet, pouvait se trouver en danger.

A plusieurs kilomètres de là, à Oxnard, Bob avait atteint son but : la société d'import-export *Pacific States.* Ses bâtiments occupaient le centre d'un terrain dénudé, situé plutôt à l'écart de la localité. D'un coup d'œil, Bob embrassa la clôture métallique très haute, une construction massive sans fenêtres, et quelques camions d'un blanc sale. Le chemin conduisant du portail à la bâtisse était creusé d'ornières. Le portail lui-même s'ornait d'un gigantesque cadenas.

Personne en vue! Bob entreprit de faire le tour de la propriété. Le terrain était jonché de caisses brisées et de papiers froissés, entre la clôture et le bâtiment aveugle. Par-derrière, celui-ci était protégé des regards indiscrets grâce à un alignement de nombreux véhicules. Mais un bruit de voix parvint au jeune détective.

Bob s'immobilisa pour écouter, mais il ne put saisir un seul mot. Il fallait à tout prix se rapprocher des interlocuteurs invisibles. Le garçon remarqua alors que l'un des camions était garé tout contre la barrière, à l'endroit où il se tenait. Il regarda à droite et à gauche, prit une profonde inspiration puis, escaladant la clôture avec l'agilité d'un singe, passa sur le toit du camion.

Une fois là, il demeura un moment sans bouger, à reprendre haleine. Bob n'était pas un athlète, comme Peter, et son exploit l'avait essoufflé. Se sentant en sûreté, il avança avec précaution, sur les mains et les genoux.

« Ce ne sera jamais sec à temps, grommela une voix, pas très loin de lui.

— Quelle importance! répliqua une autre voix. Sec ou pas, ça fera l'affaire. »

Un autre camion touchait presque celui de Bob. Le jeune garçon se redressa. Ses pieds, chaussés de caoutchouc, ne firent aucun bruit tandis qu'il enjambait l'étroit espace séparant les deux véhicules. De son nouveau perchoir, où il se tint accroupi par prudence, il pouvait voir, au-dessous de lui, deux hommes qui lui tournaient le dos. Ils contemplaient une camionnette d'un blanc éblouissant.

« C'est parfait, Harry », déclara l'un des individus en qui Bob identifia Strauss. Debout devant la camionnette, mains aux hanches, il fit un petit signe appréciateur. « Excellent travail ! »

Le dénommé Harry répondit par un grognement. D'une main, il tenait un pot de peinture, de l'autre un pinceau. L'odeur de peinture fraîche flottait dans l'air alentour. De toute évidence, Harry venait de camoufler la camionnette en faisant disparaître, sur ses flancs, la raison sociale de la *Pacific States* pour y dessiner de nouvelles lettres indiquant *McCutcheon's Maritime Supplies.*

Bob eut un sourire silencieux. Sa découverte était d'importance.

« J'ai idée qu'on va au-devant de sérieux embêtements, grommela Harry en désignant le véhicule avec son pinceau.

— Le jeu en vaut la chandelle, riposta Strauss. Nous pouvons bien prendre un risque. En voyant ce truc arrêté près de chez Denicola, les gens pourront se poser des questions, c'est certain, mais avec ce camouflage, nous ne craignons pas grand-chose. »

Là-dessus, Strauss s'éloigna pour disparaître dans la bâtisse sans fenêtres, dont l'énorme porte était ouverte. Harry le suivit bientôt et, durant un moment, Bob n'entendit d'autre bruit que celui de bois traîné sur un sol cimenté. Finalement, Strauss reparut. Il poussait un chariot chargé de trois caisses en bois qu'il roula jusqu'à la camionnette repeinte de frais.

Harry surgit à son tour, avec un second lot de caisses. Avant qu'il ait atteint la camionnette, l'une des roues de son chariot rencontra une ornière, ce qui le stoppa brutalement. L'une des caisses glissa à terre et s'ouvrit sous le choc. Des douzaines de petites boîtes s'éparpillèrent dans la boue.

« Faites donc attention! cria Strauss.

— Ça va, ça va! Ce n'est pas grave! »

Et Harry, s'agenouillant, ramassa les petites boîtes, les replaça dans la caisse, puis hissa à nouveau celle-ci sur le chariot.

A plat ventre sur son camion, ne laissant dépasser que le haut de sa tête, Bob remarqua qu'une des petites boîtes avait laissé échapper sur le sol une partie de son contenu : des objets très petits dont, à cette distance, il ne pouvait déceler la nature. Ni Strauss ni Harry ne s'en étaient aperçus. Ils rangèrent leurs caisses dans la camionnette, puis retournèrent en chercher d'autres.

Les deux hommes travaillèrent ainsi une demi-heure. Ils chargèrent des caisses de dimensions et de poids différents, les unes en bois, les autres en carton. La camionnette devait être d'une solidité exceptionnelle pour supporter une telle charge. Enfin, ses portes arrière furent fermées et soigneusement cadenassées.

« Nous aurions dû nous faire aider! grommela Harry en essuyant son front ruisselant de sueur.

— Nos activités n'ont pas besoin de témoins », répliqua Strauss.

Tous deux disparurent dans le grand bâtiment. Bob attendit, immobile. Cinq minutes s'écoulèrent, puis dix. Ni Strauss ni

Harry ne revenaient. Bob se dit qu'ayant chargé leur véhicule ils risquaient de ne pas reparaître d'un bon moment.

Rampant sur le toit de son camion, il se laissa glisser, d'abord sur la bâche de la cabine, puis sur le capot, enfin sur le sol. En quelques foulées rapides, il gagna l'endroit où se trouvaient dispersés les petits objets échappés de la boîte. Il en ramassa un, étonnamment lourd pour son faible volume. Alors, il vit de quoi il s'agissait : une cartouche d'arme à feu! Un frisson de peur le parcourut.

Comme il se redressait, sa peur se transforma en épouvante. Il essaya d'avaler sa salive, mais en vain, l'effroi le pétrifiait.

Un chien énorme, planté devant lui, le regardait fixement. Un doberman! Bien qu'il se tînt parfaitement immobile, on le devinait prêt à bondir. Il ne faisait pas le moindre bruit, mais ses yeux exerçaient sur Bob une sorte de fascination.

Le jeune garçon, d'une voix faible, tenta une approche amicale :

« Oh, le beau chien! murmura-t-il sans pouvoir s'empêcher de chevroter. Gentil toutou! Tu donnes la patte? »

Tout en parlant, il se redressait lentement. Les babines noires se retroussèrent sur des crocs étincelants et un sourd grondement s'échappa de la gorge de l'animal.

« Tout doux! » ordonna Bob.

Le chien gronda plus fort. Il avança un peu, puis fit halte.

Bob ne risqua plus le moindre mouvement. Il comprenait qu'il avait affaire à un chien de garde bien dressé. La bête le tiendrait en arrêt toute la journée s'il le fallait. Le jeune détective était coincé!

Chapitre 16

La ruse d'Hannibal

La maison des Denicola fleurait bon la sauce tomate et les herbes potagères. Mais, pour une fois, Hannibal ne prêtait aucune attention aux bonnes odeurs de cuisine. Assis dans la salle commune, il écoutait la vieille dame lui raconter son rêve.

«Je voyais votre ami dans une pièce. Puis j'entendais un bruit terrifiant : les murs se fendaient et s'écroulaient. La pièce en question m'était inconnue, et je ne connaissais pas davantage le garçon. Or, ce matin, je l'ai vu aider Ernesto à repeindre le bateau. Je l'ai reconnu sur-le-champ comme le garçon de mon rêve, et j'ai su qu'il devait s'éloigner au plus vite. Le danger est ici. Je le sens fortement. Il ne concerne pas seulement votre ami, mais moi aussi. Je lui ai donc conseillé de s'en aller et il a certainement suivi mon conseil, puisqu'il a disparu.»

Hannibal fronça les sourcils.

« Vos rêves se réalisent-ils toujours ? demanda-t-il.

— Non. La plupart de mes rêves ressemblent à ceux de tout le monde. Ils sont sans queue ni tête. Mais certains sont différents. Parfois, je rêve que je rencontre des étrangers. Et puis, quand je suis éveillée, je rencontre ces mêmes personnes et je sais alors que mon rêve était prémonitoire. Je ne connais pas tous les détails d'avance, bien entendu. Dans mes rêves, je n'ai que la vision d'ensemble des événements. Des éclairs de voyance, comme les lueurs fugitives d'un phare. Quand il s'agit d'un mauvais rêve, le phare éclaire spécialement l'endroit où est tapi le danger.

— Vos rêves vous signalent toujours un péril ?

— Oh ! non, répliqua-t-elle avec un bref sourire. J'ai rêvé d'une jeune fille aux cheveux roux avant que mon fils, Alfredo, rencontre Eileen. Cela, c'était un rêve agréable. »

Comprenant que la vieille dame allait s'embarquer dans des évocations familiales, Hannibal se hâta de changer de sujet.

« Le garçon que vous appelez Ernesto, ou Erny, est-il de vos parents ?

— Celui-là ! lança-t-elle avec dédain. Certainement pas ! Ce n'est qu'un aide, pour le bateau. Il ne compte pas beaucoup. Je crois pourtant qu'il a bon cœur. Ainsi, il partage son logement avec deux autres garçons sud-américains. Ernesto héberge souvent un ou deux étrangers venus d'Amérique du Sud. Il les garde avec lui jusqu'à ce qu'ils aient trouvé du travail. Ils apprennent un peu d'anglais. Puis ils s'en vont. Je crois que le père d'Ernesto était sud-américain lui aussi et que quelqu'un l'a dépanné, à un moment ou un autre. Alors, en souvenir de lui, Ernesto dépanne en retour quelques compatriotes. Tout paresseux qu'il soit, il semble avoir un bon fond. »

Soudain, Mme Denicola fronça les sourcils.

« Et vous, jeune homme ? dit-elle à Hannibal. Vous n'êtes pas réellement venu pour rechercher un portefeuille, n'est-ce pas ? C'est comme votre ami... il était là pour espionner, pas vrai ? Mais espionner qui ? Ernesto ? Il s'est passé quelque chose que nous ignorons, Eileen et moi ?

— Je pense, en effet, qu'il s'est passé quelque chose, répliqua Hannibal, mais je ne sais pas exactement quoi. Madame Denicola, vous avez rêvé d'un aveugle qui avait trouvé un portefeuille. Avez-vous vu cet homme depuis votre rêve ? Je veux dire... une fois éveillée ?

— Non, je ne l'ai pas vu.

— Mais mon ami Bob l'a vu, lui. Et moi aussi. »

Hannibal tira de sa poche une des cartes de visite des Trois détectives, inscrivit dessus un numéro de téléphone, et la tendit à la vieille dame.

« Si vous rencontrez l'aveugle, puis-je vous demander d'appeler ce numéro ? En mon absence, quelqu'un prendra le message. Et si un fait inhabituel se produit — peut-être concernant Ernesto —, voulez-vous nous en faire part ? Je me fais beaucoup de souci au sujet de mon ami.

— Oui, soupira-t-elle, je comprends que vous soyez inquiet.

— Puis-je me servir de votre téléphone ? J'aimerais savoir si l'on a de ses nouvelles ? »

Mme Denicola indiqua du geste l'appareil, situé dans l'entrée. Hannibal forma le numéro de son Q.G. Peter décrocha immédiatement.

« Oui, déclara-t-il. Bob a appelé. Juste après ton départ. Il est quelque part, à Oxnard. Il paraît qu'un nouveau personnage s'intègre dans notre puzzle : un dénommé Strauss. Bob va tenter de savoir ce qu'il mijote et rappellera plus tard.

— Parfait ! dit Hannibal. Comme il a laissé son vélo ici, je craignais que quelque chose de fâcheux ne lui soit arrivé.

— Non. Il est sain et sauf. D'où me téléphones-tu ?

— De chez Mme Denicola. Je rentrerai en fin d'après-midi, sans doute. »

Le chef des Détectives raccrocha pour trouver Mme Denicola debout à côté de lui.

« Ainsi, votre ami est indemne ?

— Oui, répondit Hannibal, radieux. Il a appelé d'Oxnard. Il avait... heu... une course à faire là-bas.

— Très bien. Vous voici donc soulagé. Et moi aussi. Allons, je retourne préparer le dîner. Quant à vous, quoi que vous fassiez, soyez prudent, hein ?»

Hannibal promit, prit congé et, évitant de se faire remarquer, se dirigea vers la bicoque d'Erny. Il repéra une place idéale, de l'autre côté de la route, d'où il pouvait voir, sans être vu. Il sortit son appareil photographique de son étui et attendit. Il dut patienter ainsi une bonne heure avant qu'un véhicule poussiéreux déposât l'un des compagnons d'Erny du côté opposé de la chaussée.

Hannibal saisit son appareil et, avant que le suspect eût pénétré dans la baraque, le photographia six fois de suite, au zoom.

Après quoi, le chef des Détectives reprit sa faction passive. Lorsque la *Maria III* reparut, il sourit. Le gros bateau de pêche passa devant lui et alla s'amarrer à la jetée. Deux personnes en descendirent : Eileen et Erny. Tôt ou tard, songea Hannibal, Erny retournerait chez lui. Entre-temps, sans doute son second compagnon rentrerait-il, lui aussi.

De longues minutes s'écoulèrent. Hannibal trompait son attente en regardant les mouettes pêcher le long de la plage. Quand il jetait un coup d'œil sur sa gauche, il pouvait voir le chemin conduisant de la route à l'agence Denicola. De temps en temps, une voiture s'y engageait et, d'autres fois, un véhicule en repartait. La maison d'habitation des Denicola empêchait Hannibal d'avoir une bonne vue du bureau, mais Eileen devait s'y trouver, à présent, peut-être en compagnie d'Erny.

Sur sa droite, Hannibal pouvait aisément surveiller la plage. Les pêcheurs à la ligne étaient toujours à leur place. Un homme déambulait sur le sable, promenant devant lui un appareil à détecter les métaux. Des amateurs de surf guettaient la vague favorable. Des nuages s'amoncelaient à l'horizon, cependant que le vent fraîchissait. La journée, qui avait commencé belle et radieuse, menaçait de s'achever sous la pluie.

Le compagnon d'Erny sortit de la bicoque et gagna la jetée. Hannibal jeta un coup d'œil à sa montre. A présent, il était presque trois heures. Où diable pouvait être le second copain d'Erny ?

Le chef des Détectives reporta son attention sur la maison des Denicola. Un peu plus tôt, il avait remarqué une fourgonnette stationnant tout près. Maintenant, elle avait disparu. Quand était-elle partie ? Il n'en savait rien, distrait comme il l'avait été par le vent, les ébats des mouettes et le bruit du ressac.

Hannibal se leva et se déplaça le long de la route. Arrivé en vue du bureau de l'agence, il constata qu'Eileen Denicola ne se trouvait pas dans le local, comme il l'avait supposé. En revanche, Erny était bien là, confortablement installé dans le fauteuil de la vieille Mme Denicola, ses pieds sur le bureau. Il fumait et riait, très à son aise. Son camarade était assis sur le bureau et semblait raconter une histoire. Le visage animé, il faisait de grands gestes.

Où donc était Eileen ? Peut-être dans la

maison, avec sa belle-mère? Qu'aurait-elle dit en voyant Erny et son ami se prélasser dans son bureau? Elle aurait été certainement furieuse.

Hannibal remarqua soudain que la maison des Denicola semblait vide. Les fenêtres fermées, les rideaux tirés parlaient d'eux-mêmes. Le chef des Détectives n'eut pas le temps de se poser davantage de questions : une voiture venait de s'arrêter devant la maison qu'il contemplait. Une femme à cheveux blancs, portant un carton de gâteaux, en descendit. Hannibal se rappela que Mme Denicola attendait une invitée pour dîner : ce devait être elle. La visiteuse sonna à la porte. Personne ne lui ouvrit. Elle sonna de nouveau. Toujours pas de réponse. Alors, elle se dirigea vers le local de la société.

Erny l'avait aperçue par la fenêtre et se leva tandis que son camarade restait assis, jambes croisées, sur le coin du bureau. Erny et la femme échangèrent quelques mots, puis la visiteuse prit une feuille de papier, y inscrivit quelque chose et la remit au garçon. Quand elle retourna à sa voiture, elle avait l'air très irritée.

Après son départ, Erny se rassit, froissa le billet de la visiteuse entre ses doigts et le lança dans la corbeille à papiers. Son ami éclata de rire.

Du coup, Hannibal s'inquiéta pour de bon. Faisant demi-tour, il suivit la grand-route jusqu'à ce que la maison des Denicola se trouvât entre lui et les garçons installés dans l'agence. Alors, certain de n'être pas vu, il quitta la route pour atteindre la maison. Sur le derrière, à côté de la porte de la cuisine, il repéra une fenêtre ouverte. Se faufilant par l'ouverture, il sauta dans la cuisine dont il se hâta de déverrouiller la porte, s'assurant ainsi la possibilité d'une retraite rapide, en cas d'urgence.

La pièce était chaude et fleurait bon les épices. Mais la sauce à la tomate destinée à accommoder les pâtes était en train de se figer, tandis que la mayonnaise du poisson, exposée au soleil, tournait lamentablement. Tout indiquait que la vieille Mme Denicola avait quitté les lieux de manière précipitée.

Hannibal se glissa sans bruit dans la salle à manger où la table était mise pour trois personnes. Avec ses rideaux fermés, la pièce offrait un air de tristesse et d'abandon, comme, du reste, la salle commune où Hannibal et la vieille dame avaient eu leur entretien.

Le chef des Détectives renifla soudain une odeur qu'il n'avait pas sentie précédemment : quelqu'un avait fumé ici! Presque aussitôt, il aperçut un mégot écrasé sur le sol.

Il gagna alors le bas de l'escalier et appela à mi-voix, sans grand espoir de réponse :

« Madame Denicola! Où êtes-vous? C'est moi, Hannibal Jones! »

La maison resta silencieuse. Au bout d'un moment, Hannibal se décida à monter. Dans les chambres, les rideaux, ouverts, laissaient passer des flots de lumière. Les rayons du soleil caressaient le mobilier sombre, massif de la première pièce. La seconde, dont l'ameublement était clair et pimpant, devait être la chambre d'Eileen.

Hannibal venait juste d'y entrer quand un appareil téléphonique, placé sur la table de chevet, se mit à sonner. Hannibal sursauta, puis, par la fenêtre, jeta un coup d'œil du côté de la société de location. Il vit Erny qui regardait le téléphone sur le bureau d'Eileen. Même de loin, on distinguait son air perplexe.

Le téléphone sur la table de chevet sonna de nouveau.

Là-bas, Erny se décida à décrocher. Le téléphone de la chambre devint aussitôt muet. Hannibal sourit, l'appareil était donc relié à celui du bureau de la société. Vivement, il décrocha et porta l'écouteur à son oreille.

«*Si!*» entendit-il Erny prononcer.

A l'autre bout du fil, le correspondant invisible se lança dans un impétueux discours en espagnol. Hannibal retint sa respiration pour mieux se concentrer et saisir le plus possible de la conversation.

Le correspondant s'était nommé lui-même : Alejandro! Puis il annonça qu'il se préparait à rencontrer Strauss. Il dit ensuite quelque chose à propos d'argent. Hannibal l'entendit encore mentionner le nom des Denicola, puis le sien propre. Alejandro rappelait à Erny que le jeune Jones avait parlé au vieux Bonell des Denicola et de l'aveugle. Et il recommandait à Erny d'être prudent. Erny répondit en assurant qu'il prendrait toutes les précautions désirables mais que lui et Rafi avaient les choses bien en main. Sans doute, songea Hannibal, Rafi était-il le garçon qui se trouvait présentement dans le local de l'agence avec Ernesto. Celui-ci échangea encore quelques mots avec Alejandro, puis raccrocha.

Le chef des Détectives en fit autant de son côté et courut regarder par la fenêtre. A présent, Erny se tenait sur le seuil du bureau et regardait la plage, sourcils froncés. Quand son ami vint le rejoindre, il lui désigna du doigt sa bicoque.

Rafi haussa les épaules et se mit en marche dans sa direction.

Toujours soucieux, le regard d'Erny se posa alors sur la maison des Denicola. Une idée parut lui traverser l'esprit et il se mit à courir vers le bâtiment.

Hannibal se rejeta en arrière. Nom d'un pétard! songea-t-il. Erny avait dû remarquer le déclic de l'appareil quand le chef des Détectives avait raccroché.

Déjà, il entendait les pas d'Erny sous le porche. Puis ce fut le bruit de la clé tournant dans la serrure. Quelques secondes encore et le jeune homme serait là. Hannibal n'avait pas le temps de regagner le rez-de-chaussée. Il allait être pris comme un rat dans une nasse et...

Et quoi ?

Une salle de bain faisait suite à la chambre à coucher. Hannibal entendait l'un des robinets goutter.

En bas, la porte d'entrée s'ouvrit bruyamment.

En trois enjambées, Hannibal traversa la chambre et entra dans la salle de bain. Là, il ouvrit en grand la douche. Puis, vif et silencieux, il retourna dans la chambre, cacha son appareil photographique sous le lit et se plaqua lui-même contre le mur, derrière la porte.

Erny monta l'escalier en quatre bonds, s'arrêta sur le seuil de la pièce, le temps de constater que celle-ci était déserte — du moins en apparence ! — et reporta son attention sur la salle de bain. La douche faisait son office. Déjà, de la vapeur d'eau commençait à envahir la chambre.

Erny courut à la baignoire et tira le rideau qui dissimulait la douche. Sans perdre de temps, Hannibal quitta sa cachette pour se ruer sur le palier et, de là, dans l'escalier qu'il descendit quatre à quatre. Au moment où il franchissait la porte de la cuisine, il entendit Erny crier. Il prit ses jambes à son cou.

Mais où pouvait-il aller ? Il se trouvait maintenant à découvert et Erny pouvait le repérer d'une seconde à l'autre !

Chapitre 17

Découvertes

Hannibal courait en direction de la grand-route. Il était trop gros pour soutenir longtemps ce train. Il devait trouver à tout prix une cachette pour échapper à Erny. Mais où se réfugier ?

Soudain, il aperçut une sorte de fourgonnette arrêtée au prochain virage de la nationale. La porte arrière était ouverte et le propriétaire du véhicule lui tournait le dos. Il regardait les falaises de l'autre côté de la route, tout en s'essuyant les mains avec un chiffon.

Hannibal n'hésita pas une seconde. Il courut silencieusement droit à la fourgonnette, grimpa dedans, se faufila entre deux paniers de praires et tira par-dessus sa tête une bâche maculée de cambouis. Un instant plus tard, il entendit claquer la porte de la voiture. Puis le conducteur s'installa au volant et démarra.

Après avoir filé vers le sud au ralenti, il

profita d'un embranchement pour faire demi-tour et repartir, à plus vive allure, vers le nord. Hannibal rejeta sa bâche, se redressa et regarda dehors à travers une sorte de hublot. En passant devant la société Denicola, il aperçut Erny qui inspectait des yeux la nationale. Son visage exprimait la plus intense stupéfaction. Hannibal eut un rire silencieux.

La fourgonnette avait parcouru déjà un bon bout de chemin en direction d'Oxnard quand, pour la première fois, son conducteur l'arrêta, à un feu rouge. Hannibal n'attendait que cela. Avant que le véhicule reparte, il était déjà à terre.

Il se trouvait dans une petite ville. Après avoir demandé son chemin, il eut vite fait de dénicher l'arrêt des bus desservant la route côtière. Il prit le premier qui se dirigeait vers Santa Monica.

Tandis que le bus le ramenait vers le sud, le chef des Détectives réfléchissait. Il était certain, à présent, qu'Erny et ses amis espionnaient M. Bonell. Ils étaient au courant de l'entretien qu'Hannibal avait eu avec le gardien de la banque le jour précédent, entretien au cours duquel l'aveugle avait été mentionné.

Mais comment avaient-ils pu savoir ?

Hannibal réfléchissait de plus en plus. M. Bonell avait dû parler à quelqu'un. Peut-être à Gracie Montoya ! L'irritation gagnait le jeune détective. Quelle folie, de la part de Bonell, d'avoir bavardé !

Une fois de plus, Hannibal passa devant la

jetée des Denicola. Le parking ne contenait aucun véhicule et le petit bureau était vide. Où était Erny? Et ses copains? Et les deux dames Denicola?

Erny était en train de mijoter un mauvais coup, Hannibal en était sûr. Eileen et sa belle-mère étaient-elles victimes de la conspiration? Seraient-elles devenues gênantes au point qu'on les aurait écartées? Ou se pouvait-il qu'elles fassent partie du complot?

Brusquement, Hannibal eut peur. M. Bonell était-il en sûreté? La vieille Mme Denicola et Eileen avaient déjà disparu. Le malheureux gardien n'était-il pas visé à son tour?

Quand le bus fit halte à Santa Monica, le gros garçon fut le premier à sauter à terre. Par bonheur, il avait de l'argent sur lui et il y avait une station de taxis toute proche. Il se fit conduire au domicile de M. Bonell.

Il était cinq heures moins le quart quand il y arriva. Il sonna à la porte et se sentit infiniment soulagé quand M. Bonell en personne lui ouvrit. Le pauvre homme semblait à la fois inquiet et plein d'espoir.

« Comme je suis heureux de vous voir! Avez-vous du neuf?

— Oui, je crois », déclara Hannibal en suivant le gardien dans sa cuisine. Puis, quand tous deux furent assis l'un en face de l'autre : « Monsieur Bonell, demanda-t-il gravement, à qui avez-vous parlé depuis que je vous ai quitté, hier? »

Son interlocuteur parut surpris.

« A qui j'ai parlé? Ma foi, à personne. Je n'ai pas quitté la maison.

— Alors, quelqu'un vous a téléphoné ou est venu vous voir.

— Non. Je n'ai reçu aucun coup de fil, ni aucune visite. Je n'ai pas beaucoup d'amis, vous savez. Pourquoi me posez-vous cette question?

— Parce que c'est important. Réfléchissez bien. Hier après-midi, nous avons parlé des Denicola et du mendiant aveugle. Or, vous avez à coup sûr rapporté notre conversation à quelqu'un. Sinon, comment un individu nommé Alejandro serait-il au courant? »

M. Bonell sembla bouleversé.

« Mais je vous certifie que je n'ai soufflé mot de notre entretien, dit-il. Il n'y avait personne ici, sinon Shelby, et je ne lui ai rien dit. Rien de rien! Shelby est... eh bien, il n'est pas facile de converser avec lui. Il me donne toujours l'impression que ce que je dis est inintéressant... et sans doute est-ce vrai. De toute façon, quand il est rentré, hier soir, il est monté droit à sa chambre et s'y est enfermé.

— Et vous ne lui avez vraiment pas parlé? Ni ce matin?

— Non! Sinon pour lui dire "Bonjour!". J'en suis certain. »

Hannibal soupira. Il se mit à tirer sur sa lèvre inférieure — signe d'intense réflexion chez lui —, tout en regardant le sucrier d'un air absent. Soudain, il revit dans son esprit Shelby Tuckerman, avec ses lunettes de soleil et son col roulé. « Selon votre système judiciaire, avait-il déclaré, un homme est présumé innocent aussi longtemps qu'on ne peut prouver sa culpabilité. »

« Curieux que je n'aie pas remarqué cela! dit Hannibal à haute voix.

— Remarqué quoi?

— Shelby ne fait pas grand cas de vos voisins, n'est-ce pas? continua Hannibal sans répondre à la question.

— Non, pas tellement. Il les trouve communs. »

Hannibal ne quittait pas des yeux le sucrier devant lui.

« Quand Shelby a-t-il commencé à mettre du sucre dans son café? demanda-t-il brusquement. La première fois que nous sommes venus ici, il s'est préparé une tasse de café noir.

— Oui... en effet... Vous avez raison. Il a commencé à prendre du sucre il n'y a qu'un jour ou deux. Il prétend qu'une cuillerée suffit à lui donner un coup de fouet. »

Le regard étincelant, le chef des Détectives ôta le couvercle du sucrier, puis, fouillant tout au fond, retira du récipient une petite boîte plate, portant des perforations.

« Qu'est-ce que c'est que ça? balbutia M. Bonell, ahuri.

— Un microphone! Une oreille espionne. Vous n'aviez pas besoin de faire des confidences à Shelby, monsieur Bonell. Une fois ce sucrier sur la table, il pouvait écouter dans sa chambre tout ce que vous disiez. »

Hannibal se dirigea vers l'appareil téléphonique.

« Shelby travaille pour la société TX4, qui fut jadis la vôtre. Vous devez connaître son numéro ? Quel est-il ? »

De plus en plus ahuri, M. Bonell fournit le renseignement. Quand Hannibal composa le numéro, il était juste quatre heures cinquante-neuf. Il demanda à parler à Shelby Tuckerman et s'entendit répondre que celui-ci ne faisait plus partie du personnel.

« Depuis quand ? s'enquit Hannibal.

— Navré de ne pouvoir vous renseigner, répondit le standartiste, mais rappelez lundi matin. Le chef du personnel sera là. »

Hannibal remercia et raccrocha.

« Co... comment ? bégaya M. Bonell. Shelby ne travaille plus là-bas ? Je n'en savais rien. Il m'a encore dit l'autre jour qu'il voyageait pour cette boîte.

— Il ne doit pas être à un mensonge près ! »

Là-dessus, le chef des Détectives alla droit au réfrigérateur et l'ouvrit. Le freezer était vide. Les aliments congelés que Shelby avait placés là précédemment avaient disparu. Il ne restait plus, tout au fond, qu'un carton étiqueté *crèmes glacées.*

« La cachette était excellente ! murmura Hannibal en refermant la porte du réfrigérateur.

— La cachette de quoi? demanda M. Bonell.

— Oh! Après tout, je peux me tromper. Je ne suis encore sûr de rien. Mais il faut à tout prix faire une petite visite à la chambre de Shelby... même si elle est fermée à clé!»

Chapitre 18

Les prisonniers

Dépassé par les événements, mais faisant confiance à Hannibal, M. Bonell, docile, lui fournit une échelle coulissante dont le chef des Détectives se servit pour grimper jusqu'à la fenêtre, ouverte, de la chambre de Shelby.

Dès qu'il fut dans la pièce, Hannibal avisa un appareil enregistreur placé sur la commode. Il fit revenir la bobine en arrière et écouta l'enregistrement. Il s'entendit ainsi converser avec M. Bonell, parler au standardiste de la TX4, ouvrir la porte du réfrigérateur, etc.

Le gros garçon fit la grimace, effaça ces épisodes sonores, remit le système en état de marche, puis se livra à une rapide investigation des lieux.

Les résultats furent maigres : ni lettres, ni cartes postales, ni livres, ni documents d'aucune sorte! Seuls, dans la penderie, des vêtements témoignaient que quelqu'un habitait là. Encore les poches étaient-elles vides.

Les tiroirs de la commode ne contenaient que de banals sous-vêtements. Ce fut pourtant là qu'Hannibal fit son unique découverte : un couteau! Un couteau bien aiguisé, dans un étui de cuir fin, visiblement fait pour être lancé sur une cible. Hannibal le laissa là où il était.

Il redescendit et, tout en aidant M. Bonell à remettre l'échelle en place, lui apprit ce qu'il avait trouvé.

«Je me demande, acheva-t-il, s'il porte ce couteau lacé contre sa cheville, de la même façon qu'il porte son pistolet!

— Il m'a dit avoir un pistolet pour se défendre sur la route, en cas d'attaque. Il voyage tellement et il y a tellement de truands, de nos jours! Mais un couteau! Pourquoi aurait-il besoin d'un couteau? Ce n'est pas comme s'il faisait du camping. Il passe ses loisirs à regarder la télé ou à piquer un petit somme.

— Shelby est un personnage plein de secrets. Il vous espionnait dans votre cuisine. Et il cachait quelque chose de grande valeur dans votre freezer.

— Comment! Il ne mettait là-dedans que de la nourriture surgelée.

— Je ne pense pas que ses paquets et ses cartons aient jamais contenu des aliments, surgelés ou pas. Je crois qu'il s'agissait plutôt d'argent. Du butin volé à la banque.

— Oh! non, protesta M. Bonell. Ce n'est

pas possible. Shelby bourre le réfrigérateur depuis longtemps déjà. Il ne mange pas souvent à la maison, remarquez, mais il aime bien avoir de la nourriture sous la main. Il sait que je n'utilise jamais le freezer et lui en laisse la libre disposition. Alors, il en profite!

— Hum! fit Hannibal. S'il ne mange pas ici, que deviennent finalement les provisions qu'il entasse? En a-t-il jamais emporté au-dehors?

— Tiens! C'est vrai! Je me demande où ont pu passer tous ces aliments... N'importe! Je suis certain qu'il ne pouvait s'agir du butin de la banque... ou alors Shelby pratique le hold-up depuis longtemps. Et, cela, je ne peux arriver à le croire!

— S'il ne s'agit pas d'argent, il peut s'agir de drogue, avança Hannibal. Cela expliquerait qu'il soit en cheville avec les garçons de chez Denicola. La *Maria III* pourrait facilement assurer la liaison avec un autre bateau, en mer... ou encore aller charger de la drogue, quelque part dans un coin perdu de la côte californienne. On peut aussi imaginer que Shelby et Erny se livrent au trafic d'immigrés clandestins, et l'aveugle... Mais non! Cela ne cadre pas avec la cachette du réfrigérateur... En fait, nous ne sommes sûrs de rien encore. Il nous faudrait d'autres preuves.

— Allez-vous demander à la police d'intervenir?

— Difficile! Comment prouver que Shelby n'entassait pas vraiment des surgelés pour les distribuer ensuite aux pauvres? Et que le micro espion dans le sucrier ne constitue pas une simple farce ? Shelby est-il impliqué dans le vol de la banque ou ses activités portent-elles sur quelque chose d'entièrement différent ? Et les deux dames Denicola ? Où sont-elles ? J'ai l'impression que Shelby le sait. »

Pour la première fois, M. Bonell parut en proie à la colère et plein de détermination.

« Je veux vous aider, déclara-t-il. Que puis-je faire ?

— Je vais vous le dire... »

Hannibal exposa au brave homme le plan qu'il avait en tête. M. Bonell l'approuva sans restriction. Après quoi, lui et Hannibal allèrent chez une voisine et lui demandèrent la permission de téléphoner, sous prétexte que le téléphone de Bonell était en dérangement.

Hannibal appela Peter et lui fixa rendez-vous à un coin de rue tout proche de là. Cela fait, son compagnon et lui se rendirent dans la cour derrière la maison de M. Bonell pour y répéter le dialogue qui faisait partie du plan d'Hannibal. Enfin, tous deux regagnèrent la cuisine du gardien et jouèrent la comédie pour l'unique bénéfice du micro espion, que le chef des Détectives avait pris soin de replacer au fond du sucrier.

« Monsieur Bonell, commença Hannibal en s'efforçant de parler distinctement, je sais que vous bouillez d'impatience, mais sans doute aurons-nous des nouvelles à vous communiquer avant longtemps. Eileen Denicola nous fournira peut-être bientôt un renseignement précieux. Figurez-vous que mon ami Peter se trouvait auprès du chef de la police Reynolds, à Rocky, quand Eileen Denicola a appelé. Peter n'a, bien sûr, entendu que la moitié de la conversation, mais il a compris que la jeune Mme Denicola était dans tous ses états. Le chef Reynolds s'est efforcé de la calmer. Finalement, il lui a dit qu'il allait la rejoindre et il est parti en toute hâte.

— Mais je ne connais pas Mme Denicola, répondit M. Bonell d'une voix aussi distincte que celle d'Hannibal. Qu'aurait-elle à voir avec le hold-up de la banque?

— Elle y est impliquée, d'une manière ou d'une autre, nous en sommes certains. Peter nous demande d'aller le retrouver au bureau de police de Rocky. Il pense que le chef Reynolds y ramènera Mme Denicola.

— Un instant! Le temps de prendre ma veste!» dit M. Bonell.

Deux minutes plus tard, l'ancien gardien et Hannibal montaient dans la petite voiture du premier et tournaient le coin de la rue. Mais ils n'allèrent guère plus loin : seulement à l'endroit où ils avaient donné rendez-vous à Peter.

Celui-ci ne tarda pas à paraître. M. Bonell fit un appel de phares pour attirer son attention. Peter fut prompt à mettre pied à terre, à fourrer son vélo dans l'épaisseur d'un buisson qui poussait près de là, et à grimper sur le siège arrière de la voiture.

«Pourquoi m'as-tu fait venir? demanda-t-il à Hannibal.

— Parce que j'ai découvert que Shelby espionnait les conversations de M. Bonell grâce à un micro caché dans le sucrier. L'appareil enregistreur est dans sa chambre. Est-ce que cela te rappelle quelque chose?

— L'aveugle! s'écria Peter. Il a tenté de planquer un micro espion dans le dépôt de ton oncle! Veux-tu insinuer que Shelby serait...

— Possible! répondit Hannibal. Nous allons voir.»

Il fit alors part à son lieutenant de la conversation «bidon» que M. Bonell et lui-même avaient volontairement enregistrée sur les appareils espions. «Les Denicola ont disparu, ajouta-t-il, et j'espère bien que, après voir écouté notre petite comédie, Shelby nous conduira jusqu'à elles.»

A présent, il faisait presque noir. La pluie, qui avait menacé tout l'après-midi, commençait à tomber. La circulation alentour était rare. La voiture de M. Bonell était postée dans un coin particulièrement obscur, d'où l'on pouvait apercevoir sa maison. Soudain, les trois guetteurs virent Shelby arriver. Il descendit de voiture et pénétra au rez-de-chaussée dont toutes les lumières brillèrent les unes après les autres.

«Il me cherche! expliqua M. Bonell. Je suis toujours chez moi à cette heure-ci, sauf quand je travaille.»

Peu après, ce fut la fenêtre de la chambre de Shelby, au premier étage, qui s'éclaira.

«Ce ne sera plus long, à présent!» dit

encore le gardien avec un gloussement de joie. Ce fut seulement alors qu'Hannibal comprit à quel point il détestait Shelby Tuckerman.

Soudain, tel un boulet de canon, celui-ci jaillit de la maison pour regagner sa voiture en courant. Il n'avait même pas pris le temps d'éteindre les lumières! Il démarra en trombe. Mais M. Bonell ne se laissa pas surprendre. Il avait déjà mis son moteur en marche et se lança à la poursuite de son locataire sans perdre une seconde.

« Il file en direction de la société Denicola », dit Hannibal au bout d'un moment.

M. Bonell ne répondit pas, trop occupé à suivre Shelby sans se faire repérer. Shelby conduisait à vive allure. Il ralentit en traversant Malibu mais reprit de la vitesse sitôt après.

« Je suis sûr qu'il va chez les Denicola, répéta Hannibal. Monsieur Bonell, connaissez-vous quelqu'un du nom d'Alejandro ?

— Non. Le second prénom de Shelby commence par un A, mais je doute que ce soit Alejandro. Cela veut dire Alexandre en espagnol, n'est-ce pas ? Shelby n'est pas espagnol. »

Shelby ralentit. On approchait de la société Denicola. Hannibal aperçut confusément, à travers des rideaux de pluie, une sorte de fourgonnette blanche garée tout près de la jetée. Mais, avant qu'il ait pu s'interroger à son sujet, Shelby freina brusquement et, tournant sur la droite, engagea sa voiture dans la montée conduisant au vieux *Motel de l'Océan.*

« Le motel! s'exclama Peter tandis que M. Bonell s'arrêtait au bas du raidillon. C'est sûrement là que se trouvent Eileen et sa belle-mère!

— J'aurais dû m'en douter! grommela Hannibal. Enfin! Nous y voilà! Monsieur Bonell, voulez-vous attendre ici? Si nous ne sommes pas de retour dans un quart d'heure, dénichez un téléphone et appelez la police!

— Vous pouvez compter sur moi! assura le gardien avec vigueur. Mais soyez bien prudents! »

Hannibal et Peter mirent pied à terre et regardèrent autour d'eux. Le motel n'était guère qu'une masse sombre dominant la route. Pas une seule lumière! Les deux garçons avancèrent sans parler, dans le vent, la tête rentrée dans les épaules pour tenter de se protéger de la pluie. Une fois en haut du raidillon, ils gagnèrent le parking. Si la voiture de Shelby s'y trouvait bien, son conducteur, lui, avait disparu. Sans doute était-il à l'intérieur du motel.

Contournant le bâtiment, Hannibal et Peter arrivèrent devant la façade. Dès que le motel se trouva entre eux et l'océan, le vent cessa de les assaillir. La nuit, par ailleurs, leur sembla soudain moins sombre. Hannibal désigna du doigt une fenêtre dont l'encadrement laissait filtrer une faible lueur : une lampe devait être allumée derrière les rideaux fermés.

Le chef des Détectives et son lieutenant se glissèrent sous la fenêtre pour écouter. Soudain, Hannibal perçut, dans son dos, un bruit qui n'était ni celui de la pluie, ni celui du vent. Il tourna la tête.

« Pas un geste! » ordonna la voix de Shelby Tuckerman.

Il pointait son pistolet en direction des deux garçons et répéta : « Pas un geste! » Puis il appela à haute voix. La porte du motel s'ouvrit, laissant passer des flots de lumière. L'un des amis d'Erny se tenait sur le seuil, armé. C'était celui qui avait été absent tout l'après-midi.

« Entrez, vous deux! » ordonna encore Shelby.

Hannibal et Peter furent poussés dans une pièce pleine de fumée de cigarette. Eileen Denicola se trouvait là, attachée sur une chaise. Elle semblait furieuse. Sa belle-mère, de son côté, était ligotée dans un fauteuil.

Shelby suivit ses prisonniers dans la pièce. Le copain d'Erny ferma la porte.

« Salut! » lança une voix familière.

Là, dans un coin, derrière la porte, se trouvait Bob Andy, attaché lui aussi sur son siège.

Chapitre 19

Le rêve se réalise

Tandis que Shelby les tenait sous la menace de son pistolet, Hannibal et Peter furent bien obligés de se laisser ficeler à leur tour par l'ami d'Erny, Luis.

« Cette conversation entre Walter et vous ? demanda Shelby à Hannibal. C'était une ruse, n'est-ce pas ?

— Et elle a été efficace, puisque vous nous avez conduits droit ici ! répliqua le chef des Détectives.

— Ça vous fait une belle jambe ! ironisa le bandit. Où est Walter ? Il vous attend sur la route ? »

Hannibal resta muet. Shelby ricana.

« Nous veillerons à ce qu'il n'attende pas trop longtemps, déclara-t-il. Je ne voudrais pas qu'il s'enrhume ! »

Luis avait achevé de ligoter le chef des Détectives et son lieutenant. Shelby rengaina son arme, puis parla rapidement à Luis en espagnol. Au même instant, on frappa à la porte : deux coups brefs, une pause, et encore deux coups. Erny entra. Il s'arrêta, surpris, en voyant les deux prisonniers supplémentaires.

« Qu'est-ce que ces deux autres gosses font là ? s'écria-t-il, furieux. C'était déjà bien assez d'un ! Enfin, peu importe ! Prenez soin d'eux ! Je viens chercher Luis. Le bateau est presque entièrement chargé. Strauss et Rafi ne vont pas tarder à partir. »

Bob murmura à Hannibal, son plus proche voisin :

« Strauss est un type qui dirige une société d'import-export, à Oxnard. Je l'ai vu, cet après-midi, charger des caisses dans une fourgonnette. Et aussi des cartons. L'un d'eux s'est ouvert : il contenait des cartouches !

— Des munitions ! chuchota Hannibal. Et aussi des armes, je suppose ! » Il regarda Shelby. « J'avais pensé à de la drogue, dit-il. J'imaginais qu'Erny et ses copains utilisaient la *Maria III* pour transporter des saletés de ce genre. Mais il s'agissait en réalité de trafic d'armes !

— Mais c'est impossible ! s'écria Eileen Denicola. Si vous pensez qu'Erny a pu utiliser mon bateau sans que je sois à bord, vous vous trompez lourdement ! »

Erny eut un sourire.

« En tout cas, déclara-t-il, nous allons le prendre maintenant, et vous ne serez pas à bord !

— En revanche, enchaîna Hannibal, la *Maria III* sera bourrée d'armes. Voilà pourquoi, bien entendu, ces messieurs ont cambriolé la banque. Ils avaient besoin d'argent pour acheter des fusils et des mitrailleuses. Quoi de plus normal quand on fait partie d'une bande de révolutionnaires! Les armes seront dirigées, par bateau, sur Mesa d'Oro, où elles serviront à massacrer des innocents. »

Erny se redressa de toute sa taille pour déclarer :

« Elles serviront à faire triompher la justice!

— Si l'on en croit les rapports officiels, répliqua Hannibal, cette sorte de justice combat des civils désarmés.

— Vous voulez parler de la garde civile de Mesa d'Oro? Elle représente les oppresseurs qui nous ont volé nos terres.

— Ne l'écoute donc pas, Ernesto! conseilla Shelby. Peu importe ce que peuvent penser ces gamins!

— C'était vous, l'aveugle balafré! dit Hannibal d'un ton accusateur. Vous avez employé ce déguisement pour pouvoir surveiller la banque sans être reconnu de M. Bonell. Vous étiez au courant de la chambre forte à la fermeture minutée; et vous saviez aussi que M. Bonell serait seul après le passage de l'équipe de nettoiement. Si seulement vous n'aviez pas été si désireux de vous enrichir! La veille du hold-up, vous avez trouvé le portefeuille de M. Sebastian chez les Denicola. C'était un magnifique portefeuille, et bourré d'argent avec ça! Au lieu de le rendre à son propriétaire ou de le glisser dans une boîte aux lettres, vous l'avez tout bonnement fourré dans votre poche. Mais vous l'avez perdu sur les lieux mêmes du hold-up et cet indice nous a permis de remonter jusqu'à vous et de tout comprendre.

— Je... j'avais l'intention de renvoyer le portefeuille », bégaya Shelby.

Luis regarda Erny, puis Shelby, et encore Erny. Il dit ensuite quelque chose en espagnol. Erny le calma d'un geste.

« Ainsi, dit lentement Erny, l'aveugle a ramassé le portefeuille. Et pour une poignée de dollars, Shelby, tu as mis notre cause en péril. C'est la vérité, n'est-ce pas ? »

Il parlait d'un ton froid et sévère.

« Certainement pas ! protesta Shelby. Je viens de vous dire que je comptais rendre ce portefeuille. Mais ne perdons pas notre temps à discuter. N'oubliez pas que le vieux Bonell attend sur la route et...

— Pourquoi ne m'as-tu pas remis ce portefeuille ? cria Erny. J'aurais téléphoné à ce Sebastian et tout aurait été dit. Ces trois garçons n'auraient pas eu le moindre indice pour remonter jusqu'à nous !

— De toute manière, cela n'a plus d'importance, insista Shelby avec un bel aplomb. Vous serez loin de ce pays avant longtemps. Et je m'occuperai personnellement de ces jeunes curieux !

— Vous ne partez pas vous aussi, monsieur Tuckerman ? demanda Hannibal. Je devine pourquoi ! Vous désirez rester ici pour profiter d'une bonne part du butin récolté à la banque, pas vrai ? Vous n'êtes guère disposé à en faire bénéficier les Républicains ! »

Erny foudroya Shelby du regard. Shelby rougit violemment, puis tout le sang parut se retirer de son visage et il devint mortellement pâle. Il était évident qu'Hannibal avait vu clair dans son jeu.

« L'argent a servi à payer les armes, tu le sais bien, Ernesto !

— Je sais que, cet après-midi, tu as remis cent mille dollars à Strauss et que, ce soir, je lui en donnerai autant. Soit deux cent mille dollars en tout. Mais qu'est devenu le reste de l'argent de la banque ? Tu prétends l'avoir envoyé à Rodriguez, mais je lis sur ta figure que c'est un mensonge. Combien de fois nous auras-tu répété de ne nous préoccuper de rien ! Tu étais un tel organisateur ! Tu t'es chargé de procurer les perruques et les vêtements pour nous déguiser. Tu t'es chargé aussi des transports et de l'argent. Et nous t'avons fait confiance. Tu as également pris l'argent que nous avions recueilli pour Rodriguez, affirmant que tu pourrais le lui faire parvenir plus aisément que nous. As-tu aussi retenu au passage cet argent-là ?

— Tu es fou ! s'écria Shelby. Comment oses-tu ?

— Réponds plutôt à mes questions, dit Erny. Ou plutôt, viens avec nous ce soir. Tu t'expliqueras devant les fidèles de Rodriguez, à Mexico. Peut-être, après cela, nous suivras-tu aussi à Mesa d'Oro et...

— Mais c'est ridicule ! protesta Shelby. Je

ne peux pas m'en aller ce soir! J'ai un important travail à faire ici. Ma mission n'est pas terminée.

— Il y a au moins cinquante mille dollars cachés dans la maison de M. Bonell! indiqua Hannibal d'une voix douce.

— C'est un mensonge!» rugit Shelby, fou de rage. Et, se tournant vers la vieille Mme Denicola : «Espèce de vieille sorcière! Vous avez rêvé ça aussi, n'est-ce pas? Et vous l'avez dit à ce gosse et...

— Mme Denicola ne m'a rien dit du tout, coupa Hannibal tranquillement. Mais je peux révéler à votre ami Ernesto où se trouve l'argent. Il est dans le freezer du réfrigérateur de M. Bonell, camouflé dans un carton de crèmes glacées.»

Shelby traversa la pièce d'un bond et frappa Hannibal. Erny hocha la tête.

«Tu viens d'agir comme un imbécile, dit-il. A présent, suis-nous. Il est inutile de discuter davantage.»

Shelby porta vivement la main à sa poche pour en retirer son pistolet.

«C'est comme si tu avouais!» fit calmement remarquer Erny.

Luis qui, jusqu'alors, avait assisté à la scène en spectateur, passa soudain à l'action. Il bondit sur le truand par-derrière, le saisit par le cou et serra. Shelby poussa un cri, lâcha son arme et s'écroula sur le sol.

Erny ramassa le pistolet et le braqua sur Shelby. Celui-ci gémit, se redressa et, aidé par une vigoureuse bourrade de Luis, parvint à se mettre debout. Un instant plus tard, les trois hommes avaient disparu. La pluie crépitait contre les vitres. Eileen Denicola luttait déjà pour se débarrasser de ses liens.

« Je les ai retardés le plus longtemps que j'ai pu, déclara Hannibal. J'espère que M. Bonell ne nous aura pas attendus plus d'un quart d'heure, qu'il a averti la police et que nos trois bandits seront épinglés avant d'avoir pu quitter la jetée !

— J'ai peur que les choses ne se déroulent pas si heureusement, soupira la vieille Mme Denicola. Je crains que quelque chose de terrible n'arrive avant que la police soit venue nous libérer.

— Quoi donc ? » demanda Eileen.

Chacun retint son souffle. Un bruit nouveau venait de s'élever, non pas du dehors, mais du sein même de la terre... comme un sourd grondement. Un volet se mit à battre, tout près de là.

« Ciel ! s'écria Eileen.

— Mon rêve ! murmura la vieille dame. Le danger ! La pièce qui s'effondrait autour du garçon... Bob... et de moi-même ! »

Fermant les yeux, elle se mit à prier tout bas, en italien. Mais il ne s'agissait pas d'un tremblement de terre, ainsi que Bob l'avait imaginé. Petit à petit, détrempé par la pluie torrentielle, le flanc de la colline s'était mis à glisser, ébranlant les fondations mêmes du motel.

Chapitre 20

Nuit infernale

La pièce se mit à vaciller.

Des lampes électriques furent projetées à terre et leurs fils, arrachés et dénudés, lancèrent des gerbes d'étincelles.

« Pourvu qu'elles ne provoquent pas un incendie! dit tout haut Eileen. Il ne manquerait plus que cela! »

D'autres étincelles s'envolèrent, d'un blanc bleuté, puis s'éteignirent. Ce fut alors l'angoisse des ténèbres... des ténèbres hantées par le fracas du bois brisé et le grincement de clous arrachés aux planches et aux poutres.

Il y eut une nouvelle secousse. Cette fois, la vieille Mme Denicola cria.

« Au secours! appela Peter de son côté. Au secours! »

Personne ne lui répondit. Personne ne vint.

« La colline entière va s'effondrer d'un instant à l'autre », souffla Eileen.

A peine avait-elle dit ces mots que le motel

glissa avec violence. Les sièges furent projetés les uns sur les autres. Les prisonniers qui y étaient ficelés suivirent le mouvement.

« Madame Denicola ! appela Hannibal. Vous n'êtes pas blessée ?

— Si c'est à moi que vous parlez, répondit la vieille dame, je pourrais être mieux, mais je n'ai rien de grave. Eileen ? Où êtes-vous ?

— Sur le plancher !

— La police va arriver ! affirma Hannibal, d'une voix qui se voulait rassurante. Bob, ça va ? Et toi, Peter ?

— Ça va ! haleta Bob.

— Je suis encore en vie ! » annonça Peter.

Tous attendirent, écoutant... Hannibal entendit soudain un bruit d'eau... un bruit différent de celui de la pluie qui battait les carreaux et tambourinait sur le toit. Le chef des Détectives était couché sur le côté, les bras toujours liés à son siège. Il sentit soudain l'humidité en même temps qu'il respirait une odeur d'eau croupie. Intrigué, il essaya de deviner ce que cela pouvait être. Puis, brusquement, il comprit et ferma les yeux de terreur et de désespoir.

La piscine devait s'être fendue. Son contenu était en train de se déverser dans la pièce. Si ses parois cédaient pour de bon, des tonnes d'eau allaient tout balayer sur leur passage.

« Hé ! dites donc ! D'où peut venir toute cette eau ? » demanda la voix de Peter au milieu des ténèbres.

Eileen Denicola, elle aussi, avait compris ce

qui se passait. Elle se mit à appeler au secours. Hannibal se dit que, sans doute, la catastrophe avait dû couper le courant électrique, ce qui était une véritable chance avec toute cette eau autour d'eux. Si le courant était resté branché, les prisonniers auraient certainement été électrocutés!

Soudain, une voix, au-dehors, répondit aux appels d'Eileen.

« De ce côté! Au motel! Vite!»

Un instant plus tard, quelqu'un essaya d'ouvrir la porte, mais elle était coincée. Une nouvelle secousse du terrain instable fit voler en éclats la fenêtre qui faisait face à la piscine. Alors, les prisonniers aperçurent la lueur de torches électriques puissantes, qui éclairaient le flanc de la colline sinistrée. D'autres appels retentirent, à l'extérieur. L'eau continuait à envahir la pièce.

« Mme Denicola! hurla Hannibal. Sauvez Mme Denicola!»

Un policier en uniforme et un pompier parurent dans l'encadrement de la fenêtre. Quand le pompier aperçut les deux femmes et les trois garçons ligotés sur leurs sièges, il s'écria :

« Que diable signifie...?»

C'est tout ce qu'il trouva à dire. Vivement, les deux hommes attrapèrent la vieille dame, toujours liée à son fauteuil, et la sortirent du motel. D'autres sauveteurs arrivèrent et emportèrent Eileen et les garçons. En un clin d'œil, tous furent libérés de leurs liens. On les poussa alors en direction du bas de la colline.

Le temps pressait. Ils allèrent, aussi vite qu'ils le pouvaient, trébuchant et tombant parfois, glissant et se redressant, aidés par ceux qui les avaient délivrés.

Sur la route, la circulation avait été interrompue. On entendait le ronflement des moteurs des voitures de la police et de celles des pompiers. Des projecteurs balayaient le flanc de la colline. Quand les rescapés atteignirent la nationale, les sauveteurs la leur firent rapidement traverser et ils se retrouvèrent enfin en sécurité.

«Je leur ai dit que vous étiez là-haut!»

M. Bonell, dansant presque de joie, étreignit Hannibal et lui serra la main à la briser.

«Dieu merci! Vous êtes tous sains et saufs!»

Il fut interrompu par un cri de la vieille Mme Denicola : «Le bateau!»

La maison des Denicola, tout comme le bureau de la société, était plongée dans l'obscurité. La fourgonnette blanche avait disparu. Mais, à quelque cent mètres de la jetée, on apercevait les feux de la *Maria III* qui s'éloignait.

«Ces... ces pirates! hurla Eileen dont les yeux étincelaient de rage. S'ils comptent s'échapper...»

Et, sans achever sa phrase, elle se précipita vers la jetée.

«Suivons-la!» cria Peter.

Et, attrapant Bob par le bras, il s'élança sur ses traces.

«Monsieur Bonell, dit Hannibal, voulez-vous prévenir la police? Qu'elle alerte les gardes-côtes! Les hommes qui s'enfuient dans ce bateau sont des trafiquants d'armes.

— Je me charge de les mettre au courant!» déclara la vieille Mme Denicola.

Hannibal acquiesça d'un hochement de tête et courut rejoindre les autres. Eileen venait de pénétrer dans la maison. Là, elle prit une clé dans un tiroir et ordonna à Peter d'aller chercher une paire d'avirons dans le réduit attenant au bureau.

Au même instant, on entendit un vacarme terrible, le colline achevait de glisser, entraînant le motel qui s'effondra. La route fut à moitié submergée par cette coulée de terre que l'eau de la piscine acheva de transformer en boue.

Eileen et les garçons ne s'attardèrent pas à contempler le sinistre, mais ils furent soulagés de constater qu'il ne s'étendait pas jusqu'à la société de location. Déjà Eileen courait vers le petit port privé des Denicola.

«Nous allons emprunter le canot automobile de M. Sebastian! cria-t-elle. Il rattrapera facilement la *Maria III.* »

Suivie des garçons, elle sauta dans un youyou amarré là. Peter se mit à ramer dur en direction du corps mort où se trouvait le bateau de l'écrivain.

«Je ne vois plus les feux de la *Maria III*! dit brusquement la jeune femme.

— Elle longe la côte, vers le sud.

— Cet Erny est un piètre pilote, dit Eileen. Il conduit le bateau droit sur les récifs.»

Les quatre compagnons atteignirent le

canot automobile dont ils ôtèrent la bâche en toute hâte. Hannibal attacha le youyou au corps mort. Eileen mit le moteur en route. Le hors-bord bondit sur les eaux noires et fonça à travers la pluie. Sa proue fendait les vagues avec un bruit sec. Mais Eileen tenait ferme la roue et les garçons se cramponnaient de leur mieux pour n'être pas trop secoués.

Les lumières de la côte étaient déjà lointaines quand Bob repéra les feux du bateau poursuivi non loin d'eux.

« Voilà la *Maria III* ! annonça-t-il.

— Parfait ! » dit Eileen en forçant encore l'allure.

A la même seconde, l'éclair d'un projecteur les éblouit. Ils entendirent le moteur d'un hélicoptère au-dessus d'eux. Puis le faisceau lumineux les quitta pour scruter alentour les eaux noires.

« Les gardes-côtes ! » expliqua la jeune femme.

Les feux de la *Maria III* s'étaient éteints et le bateau de pêche n'était plus qu'une forme sombre dans l'obscurité. Mais, à présent, le hors-bord en était tout près et ses occupants apercevaient le sillage qu'il laissait derrière lui.

« Au diable ! lança Eileen. Les voilà qui foncent vers le large, maintenant ! Les misérables ! Ils vont nous échapper ! »

Elle donna un tour de roue qui lança le hors-bord dans le sillage même de la *Maria III*. Alors, le bateau de pêche vira et, quand il fut parallèle au canot, un coup de feu partit de son bord.

« Lâches ! » cria Eileen.

Elle donna un peu plus de gaz et, dépassant la *Maria III,* lui coupa la route. Le bateau de pêche vira de nouveau et, de ce fait, perdit de la vitesse.

A présent, le projecteur de la *Maria III* éclairait en plein la petite embarcation. Un autre coup de feu éclata. Mais il manqua son but et la balle s'enfonça dans la mer. Presque aussitôt, l'hélicoptère survola les deux bateaux. Son projecteur puissant se posa sur le navire de pêche.

« Ça y est ! Ils l'ont repéré ! » s'écria Hannibal en voyant l'appareil descendre un peu plus.

Mais déjà la *Maria III* forçait de nouveau l'allure. Elle commença par aller à droite, puis à gauche, comme si elle voulait échapper au projecteur. Soudain, elle se remit à foncer vers le large.

Eileen Denicola eut un rire sec et, sans hésiter, la reprit en chasse. Une fois de plus, elle coupa la route aux pirates. Le pilote de la *Maria III* fut bien obligé de se détourner pour éviter la collision.

Tout à coup, Hannibal vit l'eau bouillonner à bâbord et entendit le fracas de vagues se brisant sur des récifs.

« Attention ! » hurla Peter.

Eileen manœuvra vivement la roue. Le canot se mit à pencher dangereusement. Elle le redressa. Ils se retrouvèrent de nouveau dans l'obscurité, mais sains et saufs.

En revanche, la *Maria III* eut moins de chance. Elle heurta les rochers avec violence et s'y fracassa. Ceux qu'elle transportait poussèrent des cris de détresse. Tout à coup, les occupants du hors-bord virent une flamme d'un rouge orangé jaillir de l'épave.

« Elle brûle ! » murmura Eileen Denicola.

Sa colère s'était envolée. Le canot, qu'elle pilotait machinalement, dansait sur les vagues. La jeune femme se mit à pleurer. Les larmes coulaient sur ses joues, bien visibles à la lueur de l'incendie.

« Un bidon de carburant doit être crevé ! » dit-elle encore.

Un homme parut sur le pont du navire sinistré, puis un second, puis deux autres. Ils plongèrent.

« Prenez la gaffe ! ordonna Eileen. Si l'un de ces gredins fait mine de monter à bord, vous l'en menacez !

— Oui, madame », répondit Peter.

Un des nageurs approchait déjà du hors-bord.

« Il y a des gilets de sauvetage sous les sièges, indiqua Eileen. Nous ne voulons la mort de personne ! »

Hannibal lança un gilet à chacun des naufragés qui arrivaient à la nage. Erny tenta de s'accrocher au canot, mais Peter brandit la gaffe. Les quatre hommes comprirent qu'il ne fallait pas insister et se tinrent à distance.

Bob dénicha une longueur de cordage et la

lança aux bandits qui s'en saisirent et, ainsi, purent plus aisément se maintenir à la surface des flots.

Puis, chacun contempla le naufrage de la *Maria III*. A présent, l'incendie faisait rage à son bord. Soudain, il y eut une explosion. L'infortuné bateau vola en l'air, et ses débris retombèrent dans l'eau pour s'y enfoncer lamentablement. Eileen pleura un peu plus fort.

Quand la vedette des gardes-côtes arriva sur les lieux, elle trouva le canot automobile intact et, non loin de lui, quatre hommes flottant au gré des flots.

Il ne restait plus trace de la *Maria III* ni de son mortel chargement !

Chapitre 21

Derniers éclaircissements

Une semaine après le naufrage de la *Maria III*, les Détectives prirent de nouveau la route du nord. Ils répondaient à une invitation d'Hector Sebastian. Celui-ci les accueillit sur le seuil de l'ancien restaurant *Chez Charlie.* A l'intérieur, dans la vaste salle ouvrant sur l'océan, Don, le Vietnamien, achevait de dresser un appétissant buffet.

Il annonça les bonnes choses qu'il venait d'y disposer, en utilisant les slogans publicitaires, entendus à la télévision, dont il faisait un abondant usage. Après quoi il se retira, sur un sourire et une petite révérence.

M. Sebastian soupira.

«Je crois que si la publicité alimentaire n'existait pas, Don serait incapable de faire la cuisine. Il ne saurait même pas acheter un concombre.

— En tout cas, dit Peter avec un regard en direction de la table, tout ça paraît rudement bon.

— Servez-vous, je vous en prie!»

Les inventions culinaires de Don étaient moins succulentes qu'elles ne le semblaient, mais les Trois jeunes détectives leur firent poliment un sort : il ne fallait pas décourager les bonnes volontés!

«Et maintenant, dit M. Sebastian, si nous parlions un peu du balafré et de mon portefeuille. J'avoue ma curiosité. J'ai bavardé à plusieurs reprises avec Mme Denicola, mais son caractère va de pair avec la couleur de ses cheveux. Elle jette feu et flamme dès que l'on prononce le nom d'Ernesto Villalobos ou de ses amis devant elle. Elle étouffe de rage. Elle éclate. Je crois qu'elle se sent frustrée.

— Parce que ces gredins ont coulé son bateau? demanda Peter.

— Non. Parce que la police refuse de les lui laisser voir! Elle serait capable de leur sauter au visage!»

Hannibal se mit à rire.

«Il est évident que c'est une forte personnalité. Elle n'aime pas être bernée.

— Personne n'aime ça, je crois! En attendant, occupée qu'elle est à remâcher sa colère et à discuter avec l'assurance de son bateau pour l'achat d'une *Maria IV,* elle ne m'a pas appris grand-chose. Alors, je me rabats sur vous, mes amis! J'ai été détective pendant tant d'années que j'ai bien le droit d'en savoir un peu plus long que ce que disent les journaux!

— Aimeriez-vous parcourir mes notes sur cette affaire ?» proposa Bob.

Hector Sebastian s'inclina :

«J'en serai très honoré», déclara-t-il en prenant les feuillets reliés que Bob lui tendait.

Pendant un long moment, il lut en silence. Enfin, il arriva à la dernière feuille et resta encore un moment sans parler, le regard perdu dans le vague.

«Il y a des fois, dit-il enfin, où nous devons nous féliciter que les humains aient des défauts. Si Shelby Tuckerman n'avait pas été aussi cupide, il ne se serait pas approprié mon portefeuille et vous n'auriez pas découvert ce monstrueux trafic d'armes. Combien d'innocents auraient péri si ce chargement était arrivé à bon port ?»

Hannibal acquiesça.

«Bien entendu, des gens comme Erny continueront à soutenir les révolutionnaires et à faire des victimes. Mais, du moins, nous aurons épargné un certain nombre de pauvres diables.

— Si j'en crois ces notes, M. Bonell est complètement innocenté, dit Hector Sebastian.

— Il n'a jamais été vraiment suspecté, déclara le chef des Détectives. Et Erny et ses complices ont achevé de le blanchir. Ils étaient tellement furieux contre Shelby qu'ils ont parlé. Ils regardent Shelby comme un traître, qui faisait seulement semblant d'être un loyal intermédiaire alors qu'il détournait de l'argent à son profit. Il existe plusieurs groupuscules, comme celui d'Erny, qui s'activent à recueillir des sommes pour soutenir la cause des Républicains de Mesa d'Oro. Shelby encaissait les sommes que lui remettaient les chefs de groupes, les rapportait chez M. Bonell camouflées en aliments surgelés et les entreposait dans le freezer de son hôte. Puis, une fois par mois, il s'envolait pour Mexico où il remettait l'argent aux fidèles de Rodriguez... enfin, une partie de l'argent. Erny et les autres l'accusent d'avoir détourné une bonne part de ces sommes pour se les approprier. Et cela semble plus que possible.

— Shelby, c'était Alejandro, n'est-ce pas?

— Alejandro était son second prénom, expliqua Hannibal. Sa mère était native de Mesa d'Oro. C'était une terroriste. Obligée de fuir son pays, elle épousa un Américain du nom de Tuckerman. Shelby porte le prénom de son père, et, en second, celui de son grand-père maternel : Alejandro. Shelby est de nationalité américaine, mais sa mère l'a élevé en le persuadant qu'il était un aristocrate de Mesa d'Oro et que la cause passait avant tout le reste. Cette femme était aussi active qu'efficace. Elle avait le don de parler en public et de persuader les gens de verser de grosses sommes pour Mesa d'Oro. Après sa mort, voici quelques années, Shelby tenta de prendre le relais. Mais il n'était pas aussi persuasif qu'elle et ne réussit pas. Il dut alors se contenter du rôle d'intermédiaire.

— Comment saviez-vous qu'il détenait une

partie du butin provenant du hold-up de la banque ? demanda Hector Sebastian.

— Je ne le savais pas à coup sûr, mais on pouvait facilement le deviner. Et puis, je devais bien dire quelque chose pour retarder Erny et Shelby afin que M. Bonell ait le temps de prévenir la police. D'autre part, j'avais peur de ce que Shelby ferait si Erny et les autres partaient à bord de la *Maria III* en le laissant en arrière. Les Denicola et nous trois, nous étions des témoins gênants, n'est-ce pas ? Et si Shelby avait réussi à neutraliser aussi M. Bonell, alors, il pouvait nous réduire tous au silence en... »

Hannibal s'interrompit avec un frisson.

« Oui, dit Hector Sebastian. Votre situation était critique. Vous avez eu de la chance qu'Erny oblige Shelby à les suivre sur la *Maria III*... A propos de ce trafic d'armes, qu'était au juste cette société d'import-export d'Oxnard ?

— Strauss et ses comparses faisaient le trafic d'objets volés, expliqua Bob. Le chargement d'armes et de munitions provenait de camions militaires détournés et dévalisés, sur la Côte Est. Des hommes-grenouilles ont récupéré plusieurs fusils, ce qui a permis de les identifier. Strauss et ses hommes ont disparu. Ils ont pris la fuite en abandonnant tout sur place. La *Pacific States* était du reste au bord de la faillite.

— Il doit être difficile de diriger une affaire honnête quand on en conduit par ailleurs tant d'autres en marge de la légalité, déclara Hector Sebastian. Et la jeune femme experte en maquillage... celle qui avait parlé en public ce fameux soir... qu'est-elle devenue ?

— Gracie Montoya ne faisait pas partie du complot, expliqua Peter. Sa famille est originaire de Mesa d'Oro et elle croit en la cause des Républicains, c'est tout.

— C'est une tradition, soupira Hannibal. Les parents transmettent leurs convictions politiques à leurs enfants. Mais je crois que Gracie est en train de tourner casaque. Elle trouvait naturel de collecter de l'argent pour l'exilé de Mexico, mais s'est indignée en découvrant que cet argent servait à acheter des armes qui tueraient des innocents.

— Les policiers l'ont interrogée au sujet de la discussion qu'elle avait eue avec Erny, ajouta Bob. Le garçon voulait tout simplement sortir avec elle et elle n'y tenait pas. C'est tout ! »

Hector Sebastian rendit ses notes à Bob.

« Ce résumé de l'affaire est excellent, déclara-t-il. Je n'aurais pas fait mieux. »

Bob rougit de plaisir.

« Au fait, mes amis, reprit Hector Sebastian avec un sourire, je crois vous avoir promis une virée à bord de mon canot automobile. Bien entendu, je ne sais pas piloter un bateau avec autant de maestria qu'Eileen Denicola. Mais je ferai de mon mieux, sans pour autant vous promettre de couler un navire pirate. Enfin, sait-on jamais ? Après tout, l'imprévu, n'est-ce pas le piment de la vie ? »

Table

	Un mot d'Alfred Hitchcock	3
1.	L'aveugle à la balafre	5
2.	Le portefeuille perdu	13
3.	Nouveau mystère	26
4.	Un client pour les Trois détectives	40
5.	Le récit de M. Bonell	51
6.	Un rêve effrayant	59
7.	Peter découvre du neuf !	65
8.	Nouvelles pistes	72
9.	Une artiste en maquillage	81
10.	Les terroristes	87
11.	L'attaque	96
12.	Le microphone	105
13.	Un rêve prémonitoire	112
14.	Erny discute affaires	120
15.	Bob a des ennuis	128
16.	La ruse d'Hannibal	138
17.	Découvertes	149
18.	Les prisonniers	156
19.	Le rêve se réalise	165
20.	Nuit infernale	172
21.	Derniers éclaircissements	181

ÈQUE VERTE

héros favoris

IMPRIMÉ EN FRANCE PAR BRODARD ET TAUPIN
Usine de La Flèche, 72200.
Dépôt légal Imp : 1705 K-5 – Edit : 6407.
20-07-8363-04-2 – ISBN : 2-01-017229-9.
Loi nº 49-956 du 16 juillet 1949 sur les publications destinées à la jeunesse.
Dépôt : février 1995.